最最遙遠的路程

胡德夫——著

編輯前言

用靈魂為苦難發聲的遊吟者

在七〇年代民歌如風傳唱的台灣，是否有一首歌，總是能喚起你心底深處的鄉愁與依眷？那段社會、文化都正釀造著潮湧的歲月裡，胡德夫絕對是一個不容忽視的名字；他不僅透過音樂啟發了無數的後來者，甚且為了所有原住民族群投入社會運動的風雲之中。

被太平洋海風吹生、成長的胡德夫，在嘉蘭山谷度過無憂童年後，仍舊懵懂的少年便離開了父母、家鄉，在異地摸索自我的方向和族群的意義，同時也啟蒙了他的音樂世界，揭示他往後投入原權運動與民歌創作的生命軌跡。然而那個時代並未對胡德夫更為寬宥，為族群和家鄉歌唱的行動，令他嘗到被禁聲的瘖啞苦果。身為一位歌者，卻不被允許唱出心中對家園、族人和同胞的想望，那是一種怎樣的抑鬱與哀傷？

如今，這位大半生都在自己故土上流浪，已居古稀之年的遊吟者，回首走過的七十個年頭，將自己的生命故事和族群文化淬煉為一篇篇真情至性的散文。這些篇章細數他幼年的家庭生活、求學歷程中的多位恩師、原運的戰友；還有每一首民歌作品背後關於雛妓、蘭嶼核廢料、海山礦災、九二一地震……等，與當時原住民生存處境深切相關的社會背景，渴望藉由文字向新世代的聽眾與讀者傳遞民歌世代的人文精神。

《最最遙遠的路程》的出版，不但是將胡德夫的人生故事匯總於一；其中更為深刻的意義在於透過這本書，讓胡德夫生命與精神的核心內涵，再次回歸到他熱愛且親熟的土地。印刻文學極為榮幸擔負起這樣的出版重任，同時盼望台灣新生代的讀者能夠經由這本書，重新認識一位始終用靈魂為苦難發聲的歌者，還有他堅韌的意志與本色。

目錄

輯二

那些我唱過的歌

輯一

那些我走過的路

牛背上的小孩

一九五〇年，我出生在台東東北方向阿美族的一個族區，那裡距離台東市區有七、八十公里的路程，用阿美族語講，那個地方叫做Shin-Ku，後來又輾轉被漢人改名叫做新港，再後來被稱作成功。

我媽媽告訴我，在我出生之前，祖父從台東市附近的卑南下檳榔部落趕來新港幫我接生、剪臍帶，並將我帶到海邊的一個小港口，用太平洋的海水為我洗了人生的第一個澡。聽祖母講，祖父回到部落以後，常常會望著他曾經幫我剪臍帶的方向低語呢喃：「Shin-Ku, Shin-Ku，Hi Na-va Wu jine（你還好嗎？）」就是這樣地不斷的呼喚著我，我的乳名也就由此而來。

我媽媽是排灣族人，爸爸是卑南族，我是家裡的第五個孩子，前面還有一個大哥，三個姊姊。我爸爸是日據時代的員警所長，後來轉到鄉公所去當戶籍科長。因為爸爸工作比較忙，所以我從小跟著媽媽長大。

在我三歲的時候，爸爸調職到大武山下的一個部落去工作。當局為了方便管理，來自把大武山上七個小部落的人們遷徙到靠近平地的一個叫做 PuLiu-PuLiu-San 的地方去生活，後來這個部落以其中最大的部落名稱 Ka-Aluwan 來命名，而現在這些部落都已經彙集在一起了。這個地方也就是我後來在〈芬芳的山谷〉中寫到的「Sweet Home Ka-Aluwan」，嘉蘭村。但在當時，這裡對我來說是一個新鮮的地方。

嘉蘭村隸屬於金峰鄉公所的行政區。我爸爸那個時候擔任公所戶籍科長，要給部落的人安排居住區域，不能讓遷徙來的人與他的部落分開。這是一個排灣族的部落，而我和我爸爸卻是卑南族人，我們在這裡算是外來的。爸爸被派來這裡工作，我們就和他們生活在一起。

我從小在這裡長大，因此我很多的歌都指向這個地方——嘉蘭山谷。從我三歲開始，母親就常常牽我的手到這個我從來沒有去過的山裡面玩耍，提水的時候也會帶我到河邊去，在河邊給我洗澡，在溪水邊讓我看看蜉蝣和小魚。滿山的月桃花，飛舞的蝴蝶，那真是一個芬芳的山谷。

在我小的時候，我們整個部落不過幾百個人，那時候我媽媽是鄉民代表，有時也會很忙，就連開會也不得不帶著我去，可我常會給他們搗亂。於是在我還不滿五歲的那年，

唯一的家族合照，前排中間站立的小孩是胡德夫本人（1952 年）。
（胡德夫／提供）

媽媽把我交給學校的校長說：「因為我們還沒有幼稚園，所以這個孩子放在學校，麻煩你照顧一下。」後來這校長在一年後竟然將我直升二年級，這樣我就比人家早讀了一年。回想起來，這一輩子最快樂的時光就是那一段生活在山谷裡的歲月。

我上小學時經常要去砍一些草來給家裡的牛吃，牠是要負責耕田的。後來牠生了小牛，我就經常在上課前牽著牠們到山上去，找一些有草的地方，把牛繩牽長一點，讓牠們可以去吃草。我呢，會在山上看老鷹，大鷹帶著小鷹在天上飛，教著小鷹飛翔，在天上「噫——噫——」地互相呼喚著，小鷹在後面緊緊跟隨。我在山上放了六年的牛，禮拜六、禮拜天的時候，躺在那個地方，看著那邊的天空和高山，感覺這就是我的世界。一個山谷的天空不怎麼大，但這就是我的整個世界，但一個人放牛的生活也蠻孤單的。

台灣有個名叫葉宏甲的漫畫家，他畫了很有名的漫畫書《諸葛四郎》，這漫畫講的是古代的故事，四郎他們三個人是結拜的俠士，為皇上服務。我每個禮拜三都會走路到七公里外的太麻里街上靠海的地方買漫畫，我時常幻想著自己就是漫畫書裡的四郎。

那時候的小孩子們都有一把短刀，但那刀是不能拿起來玩耍的，只能用來砍荊棘。於是我們自己做了竹刀、竹劍，我把牛當坐騎，從小騎著牠跑，牠跑起來鏗鏘有力，還會跳田埂、跳水坑，彷彿就是一匹駿馬。我騎著牠飛躍，手中的兩根韁繩就像漫畫裡描繪得一模一樣。

我看完漫畫後會傳給我的同學看，大家都看這個漫畫看得入神，接下來的這個禮拜我們就會扮演漫畫裡的各個角色。我堅持扮演四郎，其他同學演林小弟、真平，而對方陣營裡都是些戴了面具的同學假扮成了我們的敵人。我們一下課或放假就會玩這些東西，玩得快樂極了。

上學的時候，我並沒有在課堂上坐下來好好聽老師講課，而《諸葛四郎》漫畫和我幫大哥念的那一本《聖經》是我看得最多的書。但正因為這樣，我認識的字卻比別人多，遇見很複雜、很深奧的字，我還要查字典。學校的課程我沒有認真對待，每天只忙著和同學們玩耍，尤其農忙完之後，牛沒事可做了，稻田的稻草多起來，我們就把稻草搭成皇宮的樣子，旁邊的水溝被我們當作護城河，我和同學們扮演著漫畫中的正反兩派，點著火把一箭射過去，那稻草全都燃燒起來。反正它們遲早也要被燒掉當肥料，不如讓我們先燒了。

快樂的玩耍看似沒有盡頭，每本漫畫的最後都寫著「敬待下期」，下個禮拜再去買一本回來，再繼續這樣玩。但小學畢業後，一個偶然的機會使我離開了孩提時代的玩伴，也離開了美麗的山谷，我的一生從此發生了改變。

我大哥和我爸爸因為宗教信仰的問題，父子反目不說話，爸爸甚至把哥哥趕出了家門。我哥哥大我二十幾歲，他是一個眼睛看不到東西的傳教人。那幾年他跟爸爸沒有說話，我常常在這兩個人當中傳達訊息，也會因為要照顧哥哥裡外兩邊跑。小學六年級的時候，有一天我騎著牛回來，哥哥跟我說淡水有個學校在招生，這是台灣一所將近有百年歷史的學校，也是一個貴族學校，台灣的東西南北地區各有一名原住民的學生可以獲得免掉學費的獎學金，但是需要去參加考試才行，我們整個台東地區要錄取一名這樣的學生。哥哥要我去參加這個考試，但那時候的我哪裡有讀什麼書呀？平時的學習只不過為了應對考試而已，要去和那些生活在平地的原住民學生比試，他們一定比我們山裡的孩子強得多。

哥哥希望我去跟爸爸說，要他准許我去考試。因為我爸爸曾經從高級學校畢業，他是個知識分子，應該會認可男孩子到遠的地方去讀書。

我爸爸雖然跟我哥哥不說話，但是看到了這個招生簡介，他仔細研究，覺得那個學校應該是不錯的。終於有一天我放學回來，爸爸對我說：「好，我答應你，明天就帶你去考試。」

讓我自己也沒有想到的是，兩百多個人去參加的考試，最終只有我一個人考上。現在想來，這也許卻是讀《聖經》、看漫畫的結果。哥哥眼睛看不到《聖經》，我要幫他讀，盡量解釋給他聽，那裡面有很多世界歷史、地理，也有很多的小學讀不到的字，那時的小孩子誰能讀那麼厚的書？漫畫裡那種古早的字眼，又有多少小孩子會呀？可是漫畫裡面就是這樣畫的，這樣講的，我也就是這樣運氣好地考上了那所學校。

其實我也參加了其他的考試，考上了台東的一些不錯的學校，甚至包括台灣東部最好的學校。而我爸爸覺得我還是應該去離家遠的地方求學，況且這學校是免費的。但是我媽媽堅持不讓我遠離家門，於是就跟我爸爸據理力爭，說：「這孩子不能離開我們的視線，不能離開台東，他沒有離開過我的身邊，去那邊要自己洗衣服、縫扣子，要整理自己的生活，他怎麼可能呢？」我爸爸被她說到最後，只講了一句話：「你一個女人懂什麼？淡水呀，距離日本比較近，往那邊讀就對了！」

我要離開家的那天，大哥一路把我送到淡水，我牽著他的手，他眼睛看不到，我就是他的眼睛。我回過頭去看，發現我媽媽在哭，遠遠的樹後面，小學的同學們在跟我招手。我也不知道我將要往哪裡，淡水在哪裡我也不知道。對我們來說，出了這個山谷，任何地方都叫做很遠的他鄉了。以前很多人出去當兵，從此再沒有回來，所以我們的想法是出了這個山谷，以後會怎樣就難說了。

像我後來在歌中寫到的：悲泣的媽媽，懵懂的孩子。我就是這樣懵懵懂懂地離開了家，和我的牛隻，還有我的國度——嘉蘭山谷。

我和哥哥從部落出來，走了七公里的路，來到太麻里溪頭的省道，要先從那裡乘坐六個小時的「金馬號」長途巴士到達高雄，再轉乘晚上九點的火車去往台北。到達高雄以後時間尚早，於是哥哥帶我在高雄隨處逛逛。他聽說高雄大統百貨的七樓有個遊樂場，便帶我去玩碰碰車消磨時間。

碰碰車場地裡面，十幾輛載著小孩子的碰碰車橫衝直撞，發出「砰砰」的碰撞聲。我沒有來過城市，沒有見過這麼多小孩子，更沒有玩過碰碰車，坐在碰碰車裡面轉了一圈後，發現自己看不到場地外面的哥哥。我急忙從車上跳下來，從車與車之間的空隙中跑出去找他，告訴他我不要玩這個了，哥哥就帶著我一起到七賢的火車站等火車，路很遠，但我們還是走去了。

我們走到火車站後，在旁邊的餐廳吃過晚飯，買票進了月台等車。小時候課本裡畫的火車都是跑在田野裡，從書上看火車很小，我也沒有見過車站，所以我認為我們要通過月台往外再走上一段路，也許火車在那樣的一片田野裡等我們。但走上月台後，沒想到火車直接開進了這座「大房子」裡面，巨大的火車頭「叮叮噹噹」地奔襲過來，我被嚇得對哥哥大喊：「火車要撞到房子啦！」然後拉起他的手就往外面跑。哥哥站在原地不動，我鬆開他的手，自己往月台口跑去。這時哥哥喊我回來，並告訴我，我們就是在這裡乘火車，這就是火車接人的地方。

這趟火車是夜車，夕發朝至，晚上九點從高雄出發，早上六點到達淡水，中間需要在台北換一次車。我在火車上第一次看到還有茶水服務，坐席前桌子上有空茶杯，一會兒提著開水壺的列車員熟練地打開每個人的杯子，「嘩」地一下倒滿熱水。這個場景留給我的印象很深，讓我一直記到現在。

火車在黑夜中奔跑，外面什麼也看不見，只知道自己離家越來越遠。經過一天的奔波，我終於感覺到疲勞，在座位上慢慢睡去。

等我醒來的時候，火車已經到了台北。我們需要換車，哥哥拉著我去問人家要換哪一部車才可以到淡水。當時台北到淡水的車程大約需要一個小時，在車上我又睡著了，直到聽到廣播裡喊：「淡水到了！淡水到了！」我才睡眼惺忪地睜開眼睛，向外面看了看，然後轉頭問哥哥：「這就是我要來的地方嗎？」

「對，你要留在這裡讀書。」哥哥說道，又說：「窗外左邊一片水就是淡水河。」那是我第一次見到沒有聲音，看似沒有流動的河啊！

我繼續問他：「這邊還有誰能聽懂我們的話？」

「沒有，這裡沒有人知道我們的話。」

我失望地和哥哥走下火車，步行四十分鐘以後，在七點前到了學校報到。哥哥在校門口把我拉到牆邊，對我說：「你要在這裡好好地讀書，我要回去了。」那時家裡窮，哥哥不可能在這裡住旅店，只能把我送到學校後，算好回程時間，坐車返回家鄉。

舍監和訓練新生的老師在學校門口迎接新生，我拎著皮箱，皮鞋掛在肩膀上。我小時候沒有穿過鞋子，更穿不了皮鞋。在排灣部落裡長大的孩子都是不穿鞋子的，我小時候放牛，走的路布滿了各種植物的刺和堅硬的石頭，時間長了，我的腳底長了厚厚的繭，所以腳根本就穿不進皮鞋。在我之前進來的學生都穿著筆挺的服裝，而我卻還穿著家鄉的衣服，皮鞋掛在肩上，顯得非常特別，連老師都會笑我這個形象。

分配好宿舍以後，我和同宿舍的學生講話，他們卻聽不懂我講的國語。後來兩個原住民學長，他們是卑南族高一學長吳賢明，和排灣族初三的許石生學長，查看了新生資料，知道我是卑南族和排灣族人，所以特意過來看我，和我說我們自己的語言，這時我的心才稍有了點安慰。

我剛到淡水念初一的時候，常常想家，在家放牛的時候我偶爾會把牛騎到山頂上去看海。淡水的學校也可以看到海，那海跟我們學校中間隔著一大片草原，上面卻一隻牛也沒有。我寫信給爸爸，要他趕快把牛寄過來，我可以一邊讀書一邊放牛。我們的山上很難找到那麼多草，我在信裡說這邊的大草原上面沒有牛，我可以在這裡放牛，下課還能把牠們帶到山溝去喝水，這邊的水草都足夠豐富。對我爸爸來說，這顯然是無法實現的事情，那時候連人過來都很困難，牛怎麼能寄過來呢？但那時候的我天真地覺得他真的會把牛寄過來，沒有等到他回信，我就越過學校的圍牆、鐵絲網，越過山溝去看那片大草原。而當我臨近一摸，那草卻只有短短一層，後來才知道，那原來是一片高爾夫球場。我的夢破了，就算牛過來也咬不動那個草。當然，最後爸爸也沒能把家裡的牛寄過來，但是會常常想念那段在牛背上的日子。我人生中寫的第一首歌也正是那首〈牛背上的小孩〉。

說起這首歌的創作，就要說到哥倫比亞咖啡館，說起李雙澤。但這一切卻都要從爸爸生病說起。

一九七〇年，爸爸生病了。我的姊夫在台東的保健院裡面當醫生，當他發現爸爸吞嚥不下東西時，便帶他到台東的醫院去看病，那裡的醫生懷疑他是食道癌無法吞嚥，台東的醫院沒有做切片檢查的設備，所以只有到台北來才能弄清爸爸的病情。

姊夫打電話告訴了我爸爸生病的事情，卻沒有辦法帶爸爸過來，我只好回到台東將爸爸接到台北，負責他的醫療。我帶他到三軍總院和台大去看，結果證明是食道癌，而且有蔓延的可能。醫生跟我說要開刀動手術，我說那就動手術好了，我要救爸爸。

那個時候的台灣還沒有什麼保險制度，原住民得了這樣的病是不會去看醫生的。我作為他的兒子，看他這麼勇敢地面對疾病，於是也想和命運鬥一鬥，便開始拚命地工作賺錢。爸爸住院需要保證金，三軍總院也要，台大也要，不然進不去醫院。我艱難地拼湊出一些不足額的保證金到醫院去，還必須把自己和另外一個就讀台大醫科高正治大哥（金峰同鄉）的身分證押在醫院，等到差額的部分補足了才可以贖回。

爸爸生病的前一年，我經人介紹認識了萬沙浪，那時他剛剛退伍，本名叫王忠義。他跟他的老樂團見了面，在台北一個叫「健生」醫院的地下室裡練團。我們都是卑南族人，他是我爸爸朋友的兒子。我當時聽了他們的排練，覺得萬沙浪的英文歌唱得非常好，但發現他們缺少一個給他和聲的人，他們樂團鼓手、吉他手都沒有和聲的能力，而我憑著一些在淡江中學時期唱四重唱的音樂基礎，向萬沙浪建議，由我來為他和聲。他於是決定讓我來試試看。

當時的樂隊除了主唱以外，通常沒有單獨的和聲歌手，我沒有樂器，空著手站在那

萬沙浪（右立者）。（胡德夫／提供）

裡和聲是很奇怪的事情。他們樂團當時正好沒有鍵盤手，而很多歌曲又必須有鍵盤的聲音才能讓音樂的表現力更強。於是他們便教我彈鍵盤，讓我在充當鍵盤手的同時來和聲。好在我小學時候有過為合唱伴奏的經驗，所以很快就能學會，並與萬沙浪配合和聲的效果非常好。這種和聲的效果讓萬沙浪的聲音更加從容而豐富，我也因此成為潮流樂團的正式成員之一，做了一名和聲歌手。

當時正值台北六福客棧開業，那裡迅速成為人們追捧的時尚據點。它的二樓開設的夜總會需要樂團演出，舉辦了一場樂團的評比賽會。優勝者便簽約駐唱，幾乎全省樂團都來比賽。消息散開後，全省二十多個知名樂團一下子都參與進來，我們潮流樂團當然也要去參與競爭。這些樂團高手雲集，競爭異常激烈，但我們最終幸運地脫穎而出，贏得了在六福客棧駐唱的工作。當時我們欣喜若狂，覺得自己就是台灣第一樂團！從此，潮流有了固定的演出場所，我也有了穩定的收入。

但六個月後，突發變故。萬沙浪在六福客棧與客人發生爭執，最後演變成我們都參進去的鬥毆，六福客棧因此停止了我們的演出，我們失去了工作。在這之前，萬沙浪和歐威他們拍《風從哪裡來》，並演唱了電影的主題歌〈風從哪裡來〉，這時萬沙浪的黃老闆剛好從新加坡來了，說這個電影殺青了，他的新歌就要發出來了，要開記者招待會。

萬沙浪於是決定將樂團解散，因為他從此要走上國語流行歌的路線了。

萬沙浪的電影和歌一出來，一夜之間便成為了台灣最耀眼的新星。那時候名氣很大的歌手余天在第一飯店演出，一個晚上的演出費是三千塊台幣，而萬沙浪一出場就是三萬塊，真是「天價」！

當萬沙浪受邀演唱〈風從哪裡來〉的時候（我之前常陪他去錄音），我成了他的小跟班，在旁保護和協助他，但同時我也在尋找自己的出路。後來一位從日本回來的朋友郭先生，朋友都叫他「Telou」（他是影響我的音樂和眼界極為深的人），因為知道我正苦於為父親籌醫藥費，所以出資和我一起開了台灣的第一家鐵板燒餐廳——洛詩地，為我增加收入，並介紹我到他父親去世遺留給他的紡織廠工作。這段時間我一邊看店，一邊在紡織廠工作，但父親的醫藥費實在太高了，即使打兩份工也依然入不敷出，我只能繼續尋找其他工作。很幸運，在哥倫比亞大使館咖啡館裡彈佛朗明哥的阿美族同胞楊光野這時候給了我一個好機會，他介紹我到哥倫比亞咖啡館去唱歌，時間是每週的一三五。

試唱OK，就這樣，我成為了一名在咖啡館裡駐唱的意外歌手，其實我並不在乎誰在下面聽我唱，更沒管歌的事，反正我會唱很多歌，我就是要用這份工作的薪水來幫爸爸治病。我是個意外的歌手，萬沙浪也是意外的歌手，一個往流行歌那邊走去，而另一個走進哥倫比亞國家使館附設商業推廣中心的咖啡館裡，沒想到這條路走下來，走進了一個民歌的搖籃中。

在哥倫比亞咖啡館駐唱的時候，我認識了李雙澤。第一次見到他是在一九七二年，我當時唱歌的地方前面有幾張桌子，半圓形地圍繞起來，座位的中間是一個很大的迴旋樓梯，迴旋樓梯是鐵板做的，如果有人走上來便會砰砰作響。李雙澤個子沒那麼高，人很胖，看上去有點邋遢，牛仔褲不知多久沒洗過的樣子。他胸前掛著個照相機，身後背了一個他畫畫用的畫架，看起來像個流浪漢。

我正在唱歌，他乒乒乓乓走過來，往最前面的那個椅子上一坐，開口便直接喊我的名字：「胡德夫！我聽說你是山地人呀？你是哪一族？卑南族？好，那你會唱卑南族的歌嗎？」那時候台灣的人叫我們山地人，不會叫我們原住民。他這樣問我，直截了當地說：「Bob Dylan 的歌我會唱，但是我們自己的閩南歌我也會。你把卑南族的歌唱給我們聽吧。」

那天在場的人我誰都不認識，而他卻大概都認識，他就是這樣的一個文青，跟席德進他們都是哥們。他還跑到恆春去聽陳達唱歌，跟陳達也是朋友。他那樣一個大學生走過那麼多山川大河，對自己的土地那麼用心，所以他寫〈美麗島〉，實在是夠資格的人。

他向我吆喝的那一下，讓我在上面愣住了，心想：我才來上班沒多久，你就來踢我的館呀？李雙澤問我會不會唱卑南族的歌，說實話，我沒有在卑南族的地方住過，而是在排灣族的地方——大武山下長大。我小時候並沒有唱過歌，被他這麼一問，我在那發愣了很久。

他看到我有點尷尬，就說先唱他們的歌給我聽。他上來唱起陳達的〈思想起〉，而那個時代唱這樣的歌是不入流的，是根本不能唱的東西，所有的人都這麼認為。但是他唱得很自在，很有力。我在台下聽他唱的時候，心裡一直在找歌，我到底會不會卑南族的東西？後來我想到小時候聽過的我爸爸唱他同學寫的一首歌，也就是〈美麗的稻穗〉（Pa-Sa Law Bu-Lai，中文歌名是我後來命名的）。

這首歌有三段歌詞，分別講稻米、森林和鳳梨，而我只會前面講稻米的那一段歌詞。小時候只有我一個人在爸爸旁邊時，常會幫爸爸添飯、斟酒，他喝醉的時候就會把這首歌哼唱給我聽。我爸爸五音不全，當我回想起這首歌，想把這它串起來的時候感覺很難，不過我還是知道這首歌韻律的大概走向，但歌詞我就只能胡謅了。我把第一段歌詞唱三次，唱完之後我告訴大家這首歌叫做〈美麗的稻穗〉。其實這首歌原本是沒有中文名字的，我按照歌詞裡所講的稻穗，把它的第一句當作了名稱，為這首歌取名為〈美麗的稻穗〉。

出乎意料的是，滿滿在場喝咖啡的人全部站起來鼓掌並驚歎道：「哇！有歌呀？」李雙澤說：「我們就是有歌，就是有歌！」我一下子愣在了那邊，在那個地方彈唱了幾個月都從來沒有人站起來為我拍手的，大家早已聽習慣了這些英文歌，並沒有什麼稀奇。但是那一次卻不一樣，我就像被一陣颱風吹過，回去也睡不著了。那天晚上，李雙澤幫我提吉他到我的鐵板燒店裡去，在那裡和李雙澤徹夜唱歌、聊天、喝酒，而當時楊弦也和我們在一起，他並且要求我要教他唱〈美麗的稻穗〉。我於是傳唱給他了。

我們三個人很快就結為朋友、歌友。楊弦向我學唱〈美麗的稻穗〉，也可以說在北部都市傳唱〈美麗的稻穗〉的第二人，就是楊弦了。是位漢人。學完以後開始嘗試自己寫歌，李雙澤告訴我也來寫點什麼。但我寫什麼呢？我連譜子都不會看，我能寫什麼歌呢？李雙澤卻對我說：「你會唱很多的英文歌，民歌那麼多，都是寫他們自己鄉村的故事，你不是常常講放牛的故事，那你就寫寫看。」我覺得他說得對，就開始寫〈牛背上的小孩〉了。

其實我一直惦念著我們村莊的人們，村莊的那些歌聲，惦念著父母親生我養我的感情。我也會想念我的牛，會想念天上的老鷹。我覺得都市是平的，腦海裡面經常會浮現出山谷裡所有的景色，在如此濃烈的鄉愁之下，〈牛背上的小孩〉就這樣被我寫出來了。

在我寫這首歌的同時，李雙澤正寫著〈我知道〉，楊弦寫著〈鄉愁四韻〉，我們寫到一半的時候會互相唱一段給對方聽！我們這三個臭皮匠都不是學音樂出身！卻整天煞有介事地唱來唱去，寫來寫去。人家說我們無病呻吟，但誰會知道，民歌的搖籃也就這麼地被呻吟出來。

雖然有了在哥倫比亞駐唱的工作，但爸爸的醫藥費還是不夠用。一年半的時間裡開了三次刀，讓他吃了不少苦。但也正是因為這樣的經歷，我的肩膀也變得硬了起來，一心想要肩擔爸爸生病住院的責任。

那個年代，一般人如果得了癌症，大都會絕望的，覺得哪裡都不要去，留在家裡準備走算了，因為高額的醫藥費沒人能負擔得起。爸爸用了一種德國的藥，一針打下去就要三千塊台幣，那時候一個「部長」的薪水每月才七千塊錢，我一個月掙一兩萬都不夠用了。

那三年裡，我一直想辦法掙錢為爸爸治病，但可惜得很，爸爸最終還是走了。我沒有辦法看到他最後一面，醫院發病危通知的時候，醫生已經確定他大概一兩天就會過去，

1972 年與媽媽攝於父親墳前。（胡德夫／提供）

醫院用車載他到停機坪，我的姊夫帶他坐飛機回台東去。我在醫院還有很多債務，根本不能離開，我只好叫一個朋友守在那邊，自己留在醫院用兩天的時間把債務處理好。最後錢還是不夠，我叫了幾個朋友又押上他們的身分證，我一定要趕回去看爸爸最後一面。在我回去的時候，他剛好叫了我的名字，就那樣走了，而那時候我剛剛趕到家裡。

爸爸走了以後，我聽媽媽說，爸爸那種「牛」的個性，痛苦或是難過，在兒子面前從不會表現出來。我每次從外面忙完回來，看著他，陪著他，他都是一副很樂觀的樣子，其實他非常痛苦。媽媽說，只要我一出門，爸爸便把整個氣都洩在我媽媽身上，這裡痛，那裡痛，媽媽簡直無法承受他這樣的痛苦宣洩方式。但是爸爸看到我的時候卻是那樣堅強，所以不管我在外面如何忙碌，我都覺得要把壓力吞下來，我要和他一樣堅強，這對當時的我來說，似乎是一種兩個男人之間的相處方式。那個時候我才真正知道什麼叫做為家人分憂，以前面對父母親，都是去依靠。

爸爸走的時候，我的那首〈牛背上的小孩〉已經寫完了。對我來說，這是特別有紀念意義的一首歌，歌裡面最後的一句「牛背上的孩子還在牛背上吧」，其實是我自己和曾在山谷裡面放牛的那個孩子的對談，但我承認除了緬想、追念，我確知是不可能再回那個美好的時光裡去了。

奇異恩典

我的母校淡江中學是一所教會學校，在當時的台灣，中學的男生和女生通常要分校而讀，而淡江中學裡面的男生和女生卻是在同一所學校讀書的。淡江中學原來是由男校淡水中學與女校純德女中合併而成，在合併之後，雖然男女同學同在一所學校讀書，但學校給我們劃定了嚴格的生活和上課的範圍，除非特殊情況，我們一般是見不到女同學的。

當時的學生要想進入淡江中學讀書，並不是一件簡單的事情，除參加聯考的普通方式以外，其他能夠進入這所學校讀書的辦法通常是教會推薦和捐錢給學校才得以入學。由於淡江中學重視英文、藝術、體育等方面的教育以及對宗教知識的普及教育，因此很早就配備了英文視聽設備，也有專門的音樂教室和琴房，這些條件連當時的很多大學都不具備。蔣經國、蔡萬春等很多政商界的人士都把孩子送到這裡來讀書，這也是淡江中學被稱作貴族學校的原因之一。

淡江中學平日裡對學生的教育和管理比較嚴格，不僅要求淡水鎮以外的學生一律住校，而且給住校的學生規定了早修、打掃、吃飯、晚修、熄燈等許多生活的時間安排。在這些嚴格受限的時間以外，學生們可以參加學校裡面的很多社團，如：查經班、聖歌隊、青年團契……等，在那裡豐富自己的生活。學校也會經常組織朗誦、作文、音樂等比賽，可以讓這些方面優秀的同學有機會展示自己的才華。

其實淡江中學是一所並不太重視升學率的學校，與課業相比，生活才是這所學校更為講究的東西。在我們的校園裡面，空氣中時常彌漫著蛋黃花的清香，那種味道很像我還沒有離開家的時候所聞到的檳榔花香。

我對校園裡面的花香印象極深，直到今天都還記得那種味道。校園雖然很美，但我在剛入學的時候卻有些自閉，因為國語講得不好，所以不愛和同學交流。在下課以後或是週末的時候，我喜歡一個人走出校門，到淡水的街上到處走走，幾乎都是一個人漫步。

杜姑娘。（淡江中學／提供）

校門外的右手邊有五棟學校的洋房，學校把其中的兩棟租給了德記洋行，其他一棟住著中央銀行總裁，一棟住著我們的英文老師 Mr. Geddes 一家，另外一棟住著杜姑娘和德姑娘。德姑娘是我們的音樂老師，我們平時叫她 Miss Taylor。她是基督教加拿大教會派到台灣的宣教士，由於擅長鋼琴和聲樂，來到台灣以後，做起了音樂教學的工作。雖然身分是老師，但 Miss Taylor 仍保持著宣教士的身分，終身單身，也正是這樣的原因，大家習慣稱呼她為德明利姑娘。

我們的校長陳泗治在加拿大留學的時候認識了德姑娘，在陳校長回到台灣之前，德姑娘就已經被加拿大教會派來台灣宣教。他們一直非常重視藝術的教育，尤其是美術與音樂，而且兩人都專於音樂，所以淡江中學從成立的第一天起就是一所以音樂教育見長的學校。雖然如今陳泗治校長與德姑娘早已不在了，但是淡江中學音樂教育的傳統一直延續到今天。

在我剛剛入學，德姑娘就開始教我們唱歌。她一九三一年就來到了台灣，會講流利的閩南語，所以和我們這些小孩子溝通起來並沒有太大的困難。最初的時候，她教我們一些有著宗教背景卻很簡單的英文歌，也教我們識譜，但是 Do Re Mi 這樣的譜子是我從小最排斥的東西。

德姑娘。（淡江中學／提供）

我小時候最喜歡做的事情就是在媽媽的懷裡聽老人們聚在一起唱歌，他們經常能唱上整晚，冬天裡還要點上一支火把。他們有時對唱，有時合唱，有時也會唱起一些古謠，到了節慶或有喜事的日子，還要跳起舞來，很多孩子都會跑過來湊熱鬧。但是後來民教補習班來到了部落，說他們的歌根本不是音樂，要教他們 Do Re Mi Fa Sol La Si，所以媽媽他們唱起來簡直就像在唱虛詞一樣。

現在想想，那幾個音樂班的老師其實根本就不是學音樂的師資，也就不懂得尊重和欣賞別人的吟唱文化。這種補習班一直到我上小學時都還在。有了這段記憶以後，我對譜子產生了極大的排斥，讀譜也不是很好，只能靠耳朵聽。後來我自己學會用鋼琴帶唱，唱一段記一段，用這樣的辦法把歌記下來。

德姑娘對每個學生都很照顧，她是我們的音樂老師，同時也輔導著學校的聖歌隊，我也是聖歌隊的其中一員。我們的聖歌隊分成初中部和高中部，我們每週都要在學校女生部宿舍裡的一間小教堂裡練唱兩次，很多年以後，這間小教堂成為了我後來在二〇〇四年錄《匆匆》的地方。德姑娘對聖歌隊的教學比較細膩，因為要分聲部，所以她經常對學生們逐個指導。後來她聽到我們這些人裡面有四個原住民孩子的聲音不錯，就特別地把我們組成了四重唱。我不會看譜，只好讓同學看譜以後唱給我聽，我把歌記下來再和大家一起合練，唱得也還算不錯。她在淡水街上的一間很古老的教堂也帶了一支聖歌隊，有時也會把我們四重唱帶到那裡去指導。

由於我們是教會學校，所以學校裡面多了一門宗教課。德姑娘除了輔導一些樂團以外，在宗教課上也用音樂帶領我們唱歌。其實在淡江中學讀書的學生並非都是基督徒，不過德姑娘還是會給我們講講《聖經》裡面的故事。雖然被人們稱作德姑娘，實際上她早已不再年輕，我讀書的時候，她已經有五、六十歲的年紀，我從沒有看過她生氣，她留給我們的始終是溫柔、慈祥的樣子。

從初中二年級開始，陳泗治校長在寒暑假的時候安排我留在學校，跟著園丁去除草或是修剪花枝，之後就會拿到生活補貼。那個時候，外國老師的家裡都種花，他們對各種花卉的培植是很講究的，我們有時也會幫助他們打理這些家裡面的花草。德姑娘每次見到我，都會把我叫到她家去，我在德姑娘家裡第一次吃到甜餅乾和霜淇淋，也第一次

就讀淡江中學時期的宿舍，外觀和當年依舊。（郭樹楷／攝影）

喝到了可可。如果看到外面很熱，德姑娘是不會讓我工作曬太陽的。

她說話的語氣和校長很像，經常告訴我要多多學一些閩南語，也要跟著學長們學習國語。她讓我不要自卑，而要和大家多親近。陳校長知道我自閉的傾向，所以每個學期都會給我安排不同的宿舍，讓我去適應學校當中的集體生活，我想他這樣做是要幫助我渡過自閉的困擾，進而早些融入正常的團體生活。他的這番好意影響我往後的生活很大。陳校長與德姑娘對我的關照舒緩了我生活當中許多格格不入的地方，也讓我慢慢融入了淡江中學的大家庭，能夠與同學們一起分享喜悅。這對那個年紀的我來說，是一種莫大的進步和欣慰。

德姑娘在家裡的時候，有時候會放一些黑膠唱片給我聽，她很喜歡 Woody Guthrie 等人的歌。我經常聽到一些我們所熟悉的歌，譬如我們在聖歌隊經常唱的〈Amazing Grace〉。德姑娘在教我們四重唱時教會了我們這首歌，而且教我們以黑人靈歌的方式來唱。它原本是一首教會歌曲，但是後來超出了教會的範圍，人們在許多一般的場合裡也能聽到它。

許多的黑人歌手都很會唱〈Amazing Grace〉，曾經有校外的合唱團來到學校演出，其中就有黑人歌手唱這首歌，所以很長的時間裡，大家都認為這一定是黑人在艱苦歲月中所寫的歌。當我去向德姑娘請教這一說法的時候，沒想到她給的答案恰恰相反。這首歌是一位白人寫的。

我從初中開始就參加了德姑娘組的四重唱，她一直教著我們黑人靈歌的唱法，直到我們畢業。德姑娘對我的生活非常關心，在我讀高二的假期，與一位高我一年的阿美族同學到德姑娘家中住過一段時間，她住在二樓，我們住在她的樓下。

德姑娘家的院子很大，她的房子和旁邊英文老師 Mr. Geddes 的房子公用一個車庫。但是德姑娘不開車，所以那個車庫只有 Mr. Geddes 使用。有一次我在車庫門前的草坪裡發現一個袋子，起初以為是垃圾，想要扔掉，但拿起來一看，卻發現裡面裡面有兩三疊錢。與我同住德姑娘家的阿美族同學見到以後，一把搶去，說：「這下我們的假期可好玩了。」

聽到他這麼說後，我有些害怕，便對阿美族學長，也就是我在淡江六年的哥哥宋榮春（Apak）說：「這錢一定是 Miss Taylor 丟的，也有可能是 Mr. Geddes 丟的。我們最好不要亂用。」

「不一定啊，有可能是人家從外面丟進來的。要不我們從裡面抽幾張用好了。」

「抽幾張用和全部拿去是一樣的，再說誰會從外面丟錢進來呢？」

我想從他手裡把錢搶回來，但他怎麼都不肯給我，還真會想像到別人會丟錢進來院子！接著又說：「也許這錢是人家偷的，員警在後面追，逃跑的時候就把錢丟進來了。」但我知道他沒別的意思，開開玩笑罷了。

我剛要反駁他，德姑娘就從學校回來了，我們把錢藏好趕忙跑回房間裡面去。德姑娘問我們剛剛在門外說些什麼，我們就把撿到錢的事情告訴了她。德姑娘說自己沒有丟錢，她問了我們撿到錢的地方以後便去問杜姑娘，發現這錢也不是杜姑娘丟的。在問到 Mr. Geddes 的時候，Mr. Geddes 說他剛好在找這筆錢。他買了很多東西，一定是從車庫出來的時候不小心把錢丟在了車庫門口的草坪裡。確認了那些錢是 Mr. Geddes 丟的，德姑娘拍拍我，跟我說晚上要給我們做好吃的東西。我所懷念不盡的恩師 Mr. Geddes，是我的初一入門英文老師（加拿大籍），也是我此生英文基礎的奠基者。（已逝於台灣淡江大學教授任內）

我整個假期都住在德姑娘家，到了開學的時候，我按時拿到了假期在學校工作的工資。然而在這之外，德姑娘又額外給了我五十塊錢，我起初以為這是陳校長交代她給我的，算是之前校長借錢給我的一個延續，但到了第二個月，德姑娘又給了我五十塊錢。五十塊錢對當時的小孩子來說是很大的一筆錢，連續兩個月給我這麼多錢，我不敢要，並問她為什麼要一直給我錢。德姑娘沒有正面回答我，只是說天氣很熱，讓我拿去吃冰。吃冰哪裡用得了那麼多錢，一塊錢就足夠了。我不敢要這五十塊錢，怕校長罵我，而德姑娘卻告訴我：「不會的，我給你錢是因為你的誠實。」

德姑娘連續給了我一個學期的零用錢，讓我在那段時間生活得非常豐盛。一年之後，我即將從淡江中學畢業，在畢業之前，德姑娘問我：「你要不要去台灣神學院讀書？神學院的院長是我們的朋友，我跟校長都可以推薦你去讀。你英文很好，神學院畢業以後也可以回到家鄉去照顧那裡的人。」她給我的建議和校長很像，但那個時候我的心裡卻不這麼想；好歹也該拚一拚大學聯考吧？這麼直接貿然去神學院，好像是考場逃兵畏戰。雖然德姑娘和校長都在等著我的回覆，但我最終也沒有答應他們報名。

我們那個時候的大學入學考試只能集體報名，而我在值勤的時候偷偷從教務處拿出來一張個人考試報名表，在上面只填了一個志願——台大外文系，我想把台大當作自己的一個夢想去拚一下。其實以我平時的成績來看，完全沒有把握考上台大，不過就算考不上，我至少還可以去讀神學院。而且在這之前，我們橄欖球隊剛剛拿到了全省高中錦標賽的冠軍，所有隊員可以保送師大和體專，而師大也是很好的學校。我媽媽很想讓我讀師大，不僅不需要學費，畢業以後還可以回去教書，在她看來，這是一份很穩定的工作。

但是我個性很拗，心裡想著反正已經有兩個學校可以讀，無論怎樣也要為了台大拚一下。其實那段時間，因為打橄欖球受傷的緣故，我的腦膜已經有了血塊，但我沒有在意自己受傷的事情，反而在臨近考試的三個月裡非常用功。同學們晚上九點睡覺，到了九點以後，我就拿著蠟燭跑到防空洞裡面繼續看書，雖然學校並不贊成學生這樣讀書，但我還是要堅持拚一次。

三個月以後，我參加了考試，很幸運，我真的考上了台大外文系。放榜的時候我已經回到了台東的故鄉，校長和德姑娘發來電報：「金榜題名，淡江之光。儘快返校，榮譽校友。」差不多在同一時間，我的學妹也發來了電報，我終於確信自己真的考上了志願中的學校。

雖然很不捨，但我以榮譽校友的身分離開淡江中學以後，就再也沒見過德姑娘了。在台大讀二年下的時候，過去打橄欖球遺留下的舊傷復發，我由此休學，便再也沒有繼續讀書。我不好意思再回到淡江中學去看望校長和德姑娘，而他們在發現我畢業之後杳無音信以後，開始讓淡江的校友到處找我，但始終沒有找到。

後來我在台北遇到萬沙浪，慢慢變成了一個意外的歌手。一九七七年的時候，我在實踐堂舉辦過一次演唱會。一直以來，為了集中精神，我在台上彈琴唱歌都習慣閉著眼睛，所以根本不知道台下坐著什麼人。我唱完以後走下台來和坐在第一排的老朋友打招呼，這時後面的一位老人家突然走過來抱了我一下，說：「彈得不錯，唱得也很好，原來你還會彈鋼琴。這些年去哪裡了？」

那位老人正是陳泗治校長，我六年來的「爸爸」。我激動得撲在他懷裡哭，連聲說著對不起。而校長卻說：「你的事情我都瞭解了，沒關係的。Miss Taylor 因為身體不好已經退休回加拿大了，她讓我一定要找到你。」聽到校長的這番話，我的內心是極崩潰的。自那時起我才敢回母校作客，每次回母校獻唱，校長依然介紹我是淡江中學的榮譽校友。

沒過多久，校長也退休了，我聽母校的恩師們說，在他離開學校的時候，留了一封信在辦公桌上，信裡寫著要將自己所有的退休金捐給學校。沒有人知道校長退休以後去了哪裡，過了很久才有同學傳來消息，說校長去了美國，因為他的兒女都在那裡。啊，他真是個有偉大人格的校長和父親。

德姑娘在回到加拿大以後，由於身體狀況非常不好，所以加拿大教會擔負了她的醫療費用，讓她一直住在醫院安養。一九九二年，八十三歲的德姑娘在加拿大離世，終於完成了一位宣教士一生當中所背負的使命。她慈愛，美麗，燦爛的容顏，常浮現我的眼前，鼓勵著我，撫慰著我，一直到今天。

如果沒有德姑娘和陳泗治校長對我的教育和關照，我大概根本不會成為今天的自己。在我的心裡有一條河流，那條河流就是淡江中學，永遠是我沐浴奇異恩典的地方。

鋼琴夢

小的時候，爸爸是我們家鄉鄉公所的戶籍科長，工作非常忙碌，平日裡都是由媽媽照看我。媽媽是鄉民代表，如果她要到鄉公所開會，就只好也帶上我一起去。我那時候非常調皮，經常在媽媽開會的地方竄來竄去地胡鬧著。最後媽媽實在沒有辦法，只能在我還不到入學年齡時就把我送到嘉蘭國小，讓校長幫忙照看我。

那個時代政府還沒有要求小孩子一定得上學讀書，很多學生讀到一半就輟學幫家裡務農去了，因此我們那所小學的人很少，整個學校的學生也還不到一百人。我這個年級只有十六個學生，六個男生，十個女生，而我們上面的那個年級人就更少了。

媽媽原本只想把我丟到學校玩一兩年，然後七歲再正式就讀一年級，可沒想到我一直都能考取第一名，所以校長就一直幫我升學上去，我也就成了班裡年紀最小的學生。

每次在學校裡升降旗典禮的時候，都會有一位叫做林玉花的學姊在司令台上用風琴彈奏我們的校歌和國旗歌。每次典禮開始之前，我們早早就要在下面排好隊，四個小學生抬出一架小小的風琴放在司令台最右邊，典禮開始以後，她會隨著琴聲示意我們唱歌。那時候我並不會唱歌，但每一次典禮時我都要排到隊伍的最前面聽她彈琴。我當時覺得這位學姊很威風，她能和校長一起登上司令台，在我看來這可是連普通老師都沒辦法做到的事情。

我的小學生涯裡，除了卓瑞光、戴卓光和陳再服老師是音樂教學啟蒙的老師外，音樂老師大多是來自大陸的退伍老兵，最多只能教小孩子簡單的音階和歌曲，根本沒有人會彈琴，所以林玉花學姊一直為大家彈琴到畢業。她只比我大兩個年級，但是年齡卻比我大很多，畢業時已經十六歲了。當時我們小學裡面學生的年齡參差不齊，差距非常大，在過去不講究讀書的年代裡，誰也不會覺得這是一件很奇怪的事情。

學姊讀六年級的時候，我才讀四年級，由於實在太喜歡風琴的聲音，我主動申請去打掃學校的音樂教室。那間音樂教室小小的，卻是全校學生在音樂課上公用的地方。我在那裡擦擦桌子，擦擦琴，臨走的時候栓好窗戶，最後把門鎖起來。那架風琴平時就放在音樂教室，算是學校裡的寶貴資產，只有學姊才能碰到它。

音樂教室後面的走廊旁邊是一個小土堆，沿著土堆上坡就是我家，所以我每天晚上也可以隱約聽到風琴的聲音。學姊彈琴的時候怕吵到周圍的人，她每次在音樂教室練琴時都要把門窗關緊。我在小學裡面是最調皮的孩子，後來我在打掃完音樂教室以後，故意將窗栓偷偷弄鬆，等聽到學姊彈琴的時候，我就從家裡翻牆跳下來，跑到教室後面把窗戶打開，死皮賴臉地擠在她旁邊聽她彈琴，但這經常會把她給嚇一大跳。

我想跟她學彈琴，但是她不肯教我，只讓我在一旁看著，我硬是把手摻進去鍵盤上給她搗亂，最後她受不了，終於對我說：「你仔細看囉，看我是怎樣彈的。這邊是Do，Do Re Mi Fa Sol La Si Do。」雖然她也只會彈C調，但我對音階有了概念以後就可以試著彈了，遇到問題我再去問她。我這樣練了半年時間，學姊畢業了，而學校典禮上需要彈奏的那些歌我也會彈了，腳下踏板的快慢也能掌握得比較自如。

在學姊畢業以後的那個暑假，我想著開學的典禮上應該就是我彈琴了，但是不知道學校會不會讓我彈。暑假過後，在一次音樂課之前，我故意坐在琴邊彈著學校典禮上需要演奏的那幾首歌曲，音樂老師和校長剛好聽到，於是校長對我說：「原來你也會彈琴啊，林玉花畢業了，以後的典禮就由你來彈琴吧。」

從那以後，每到學校典禮的時候，開始有同學幫我抬琴，搬椅子，我也可以跟著校長一起走上台，坐在風琴旁邊開始彈琴了。我後來嘗試著兩隻手都上去彈，但是老師跟我講：「你不要彈這麼複雜。」其實我只是在亂彈而已，只要自己覺得好聽就去彈，左右手的手型和在琴鍵上的位置很接近，直到現在我也仍有一點這樣的習慣。

小時候，我是學校裡面的孩子王，尤其在別人面前彈琴的時候，更覺得自己就像漫畫裡面的諸葛四郎一樣神氣。很多同學找到我說他們想唱歌，叫我幫他們彈琴伴奏，我就開始聽他們在唱什麼，然後試著彈一些簡單的旋律出來。最後畢業前，我連媽媽她們唱的〈採檳榔〉等一些歌都已經會彈了。我在小學整整彈了兩年風琴，那兩年由琴聲所帶來的快樂時光至今都令我難忘。

我到淡水讀書，剛到的時候，我還在想不知道這學校有沒有風琴。幸運的是在住校的第一晚，我就聽到很多琴聲隱約飄進我的耳朵裡。原來淡江中學有很多琴房，就像後來周杰倫他們在練琴的那個琴房一樣。淡江中學真是貴族學校，從初一到高三，除了我們二十四個靠獎學金來讀書的原住民學生以外，大部分學生的家境都很好，所以很多人都會踴躍報名學琴，學校也會找來專門的老師教他們彈琴。

每當我聽到琴聲傳來，對風琴的喜愛就會從心底翻湧上來，但是我在淡江中學聽到的琴聲似乎和我以前彈的風琴不太一樣，後來同學們告訴我，他們彈的樂器叫做鋼琴。我覺得鋼琴的聲音同樣也很優美，我每次從琴房經過的時候，都會為裡面傳出的琴聲而駐足著迷。但是在我們初中的音樂教室裡還見不到鋼琴的身影，老師還只是在黑板上或者用口頭的方式在教授音樂，只有到高中的時候才會到大一點的音樂教室去上課，那裡才會有老師彈鋼琴。我為了可以將鋼琴的聲音聽得更清楚些，就去參加了初中部的聖歌隊，因為在那裡可以聽到鋼琴的聲音。

當時淡江中學的在校學生有兩千多名，每天朝會的時候，所有學生都會在大操場集合進行升旗典禮，典禮完畢以後會由訓導主任訓話，等全部朝會全部結束以後，學生們要進入學校的大禮堂等待校長的講話。淡江中學的禮堂非常大，也很莊嚴，校長通常會在這個時候讀上一部分的《聖經》來教育我們。雖然淡江中學是一所教會學校，但是在校的學生不一定都是基督徒的孩子，只是學校有這樣的傳統課程。我們的教訓就是「信．望．愛」；既是教會學校，當然也希望能透過每週一堂的宗教課來傳福音給孩子們，或是以宗教的方式教育學生做人做事的道理。因此我們也比普通的中學多了一門宗教課，用來講解基督教的教義，尤其是「愛人如己」。

在我們入學的時候，學校會給每個學生發一本《淡江青年詩歌》，裡面有許多非常有名而且旋律優美的國、台語民謠、聖詩，及各國的一些民謠。當然也有中英文民謠及聖詩，也有王洛賓的幾首民歌。在校長講完話以後，會讓我們打開詩歌，由學長唱給剛入學的新同學聽，這樣一代一代教下去，等到會唱整本詩歌的時候，應該就是初中三年級。

我們的校長名叫陳泗治，是台灣非常有名的音樂家，因此格外重視學校的音樂教育。剛進校的時候，很多同學都是不唱歌的，我那個時候也不唱歌，但是我們的導師和教官一排排地站在我們旁邊，告訴我們一定要練習唱歌，時間久了，大家也就全都開口唱了。也正因為有這種上課前一大早大家齊唱一堂的傳統，久而久之，校園、宿舍，甚至橄欖球場都聽得到歌聲。我想這情景只有淡江母校獨有。

雖然在音樂課上會有德姑娘教我們唱歌，但是每當全校的學生到齊的場合都是陳泗治校長親自來教。他個子很高，斯斯文文的，平時常把襯衫袖子捲起來，只有到了特殊的節日或是有禮賓來的時候，他才會穿黑色西裝。在教我們唱歌的時候，他左手彈琴，右手打著拍子，他彈琴時候的手起起落落，好幾年裡我都覺得這是個很享受的畫面，心裡一直把他當作一個英雄。

我曾試著跟校長講我想學鋼琴，但是校長卻說：「你不可以學，你已經選擇打橄欖球了，你是初中部校隊球員，已經沒有時間再學鋼琴了，而且打橄欖球手指很容易受傷，彈鋼琴必須要保護手指。除非你選擇不再打球才可以學鋼琴，但是每個月要付學琴的學費給老師。」我聽到這裡我就放棄了，那個時候我家裡不會寄錢給我的，畢竟很窮嘛，在學校能有得吃就已經很好了，衣服穿到很舊也沒關係。我也跟球隊隊長講過我想去彈琴，不要再打橄欖球了，但隊長說：「開玩笑，你是主力，不打球怎麼可以？」最終的結果就是我就一直都留在球隊裡面，而沒有去彈琴。

當時淡江中學的鋼琴很多，大約有二三十台的樣子，大部分都是馬偕在以前從加拿大弄來的。到了暑假的時候，有很多住在淡水的學生到學校來學琴，所以琴房需要有人打掃。在放暑假之前的一天，總務處找到我，讓我去校長室。見到陳泗治校長以後，他拿出五十塊錢對我說：「暑假你不要回去了，我會通知你家裡，說你留在學校工作，寒暑假你可以賺一點零用錢。我先給你五十塊，你可以去買你喜歡看的書，喜歡的文具，換換你的鞋子。」

陳校長手裡的五十塊錢對我來說是很大的一筆錢，當時吃一碗麵都還用不了一塊錢。既然可以賺到零用錢，我當然願意留在學校工作。但我後來才知道，這錢是陳泗治校長特意給我的。在淡江中學讀書的時候，學生們通常都會收到家裡寄來的掛號信，裡面大都裝著家長給孩子的零用錢，而我卻連一封這樣的掛號信也沒有收到過。陳校長在總務處發現我沒有掛號信的時候，也明白了我為什麼沒有堅持學琴，他知道我根本沒有零用錢可花，所以才讓我假期留在學校工作，並特意給了我零用錢讓我買東西。

在暑假裡，我上午的工作是跟大園丁在一起學習怎麼樣修剪學校的花枝，到了下午，我就去大家彈過琴的琴房，校長在那裡告訴我鋼琴要怎樣擦，如何保養，還要打開防潮燈要來防潮。我按照他教我的方法照顧鋼琴的時候，好像感覺自己彈琴的機會終於來到了。畢竟我以前彈過風琴，覺得可以直接將彈風琴的方法照搬過來，沒想到一彈起來卻發現感覺完全不對。

風琴的感覺很軟，彈奏的時候，腳要一直踩著踏板。而鋼琴的踏板踩下去以後聲音怪怪的，不像風琴那樣把聲音推出來，而是直接彈出來的聲音。當我把右腳踩在踏板上，發現這樣還可以出現長音的效果。整個暑假我都會趁機在琴房裡研究鋼琴，但是怕校長發現我怠工，所以機會也並不多。鋼琴和風琴的確不一樣，由於我不太會使用踏板，所以彈起鋼琴來琴音是頓頓的，樂曲沒有延續、流暢的感覺，彈不出長音的效果。看來只有慢慢練習才能知道鋼琴到底怎麼彈。

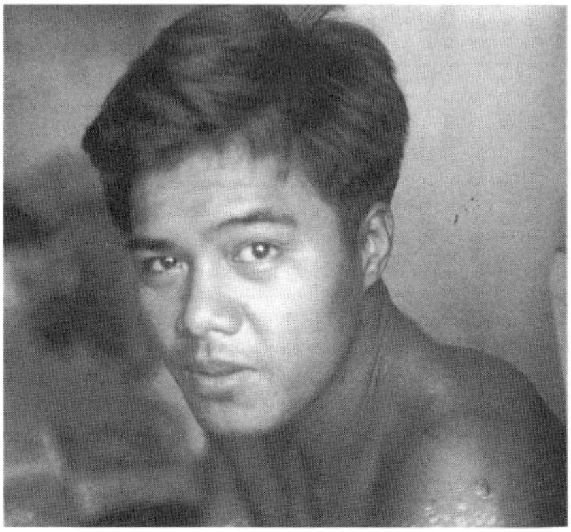
1967 年就讀淡江中學暑假於橄欖球隊拍攝的照片。（胡德夫／提供）

在淡江讀書時我很忙碌，除了學業任務越來越重，我也一直留在橄欖球隊，留在聖歌隊，還加入了我們那個年級的四重唱合唱團。我們的四重唱在當時非常有名，不僅是全校唱得最好的，也經常到台北市去唱，甚至能夠唱得和救世傳播協會的四重唱齊美，因而登上當時台灣唯一的電視台——教育電視台演出。即便唱得再好，我心裡面的憧憬卻依然還是鋼琴，不過那時想擁有一架鋼琴實在太難了。

既然沒有辦法學習鋼琴，到了高中二年級的時候，我從同學那裡借來了吉他，偶爾練一練和弦。那時美國民謠剛剛開始復興，一些美國歌曲有時候會被廣播出來，雖然機會不多，我也聽不懂這些歌到底在唱些什麼，但那時候已經能夠聽到 Bob Dylan 的聲音了。

時間過得很快，從淡江中學畢業以後，我進入台大，經歷了爸爸生病以後，我最終落腳到哥倫比亞咖啡館駐唱。現在很多人並不知道，在哥倫比亞咖啡館的時候，其實我都是用吉他來伴奏唱歌的，甚至〈楓葉〉、〈牛背上的小孩〉等幾首早期的作品也都是我用吉他創作出來的。一九七三年，我和李雙澤他們一起舉辦了《美麗的稻穗》演唱會，第一次發表自己的作品以及一些民族歌謠，那時我使用的樂器依然是吉他。但是我不太喜歡彈起吉他，有些琴弦扣不緊，實際上也只會幾個簡單的和弦而已。

2015重回母校淡江中學，當年每天朝會的禮拜堂與大鋼琴。（郭樹楷／攝影）

我在哥倫比亞咖啡館駐唱的同時，和朋友郭光生大哥一起開了一間鐵板燒餐廳，取名洛詩地（Lost City），我在那裡當店長。那個時候台灣還沒有轉型，我們算是全台灣開得最早的鐵板燒店。店面不大，窄窄長長的空間裡擺了幾張小桌子，櫃檯上面的鐵板不像現在的鐵板燒店那麼大，只是小小的一塊。因為當時台灣沒有其他鐵板燒店的競爭，所以我們的生意非常好，很多客人來到洛詩地吃飯都是為了商務的需要，他們希望能夠聽一些優雅的音樂。在瞭解到這個需求之後，我想了想，乾脆用公司的錢買了台立式鋼琴，請來一位在藝專讀書的學生在客人吃飯的時候到店裡彈琴。自從有了這台鋼琴，我每次從哥倫比亞咖啡館唱歌之後，都要趕快回來再聽聽人家彈琴，然後再看看店裡有什麼問題，或是安排好明天的採購計畫，最後才把店關起來。

關店把鐵門拉下以後的洛詩地其實依然很熱鬧，因為李雙澤、楊弦、胡茵夢、David等很多朋友會在打烊以後來洛詩地找我，我們就會整夜在店裡唱啊鬧的，有時候也會跑去鐵路邊喝喝酒。後來李雙澤告訴我他的姑姑是在淡江中學教歷史的老師，他假期住在姑姑家的時候也經常跑去淡江中學打籃球。我這才知道原來他的姑姑正是我的歷史老師黃婉如女士，我假期不回家的時候，也一定在學校的籃球場上見過這位如今天天跟我混在一起的胖子李雙澤，只是那時我們沒有講過話。我們對淡水的感情越講越深，雖然我後來離開了淡水，在台北讀書、開店，而雙澤他們就會從淡江文理學校來台北找我，這種瘋狂的聚會卻始終沒有中斷過，每週至少有四天我們都會瘋在一起；其中有雙澤的同學和金主陳東亮、黃曉明，還有黑手貝斯歌手，印刷場的徐瑞仁（阿仁），我的女友（泰江的媽媽），和好友汪恆祥、陳立平等，當然還有胡茵夢，大家都是音樂哥們（我們都是歌手啊）。

有一天，李雙澤跟我說：「你不是作夢都想彈鋼琴嗎？你小時候彈過風琴，現在鋼琴也有了，以後你關起門來就可以彈啦。」

「怎麼彈？」我問他。

「分解啊，這個和弦是Do Mi Sol對不對，手就可以放在這裡。」他邊說邊比畫著。

我們兩個一直研究著彈琴，右手還沒有什麼大問題，但左手的伴奏卻是另外一回事了。其實李雙澤並不會彈鋼琴，不過由於他在菲律賓長大，那裡的音樂環境比較好，家裡的姊姊也會彈鋼琴，所以他瞭解一些和弦的理論。

在李雙澤對我彈琴這件事煽風點火之後，我找來一首英文歌作為練習。那首歌的名字叫做〈Today〉，它是一首$3/4$拍的歌曲，非常簡單，當時讀大學的學生幾乎人人都會唱，我選定了這首歌開始練起。我那時買到一本名叫《知音集》的曲譜，非常厚，裡面有將近三百首歌的譜子，歌名按照ABCD的順序排列下來。我從裡面找到〈Today〉這首歌的曲譜，它的歌詞上面有對應的和弦，也寫著譬如G大調這樣曲調。但是譜子裡的曲調我不能唱，我的聲音只能唱E調或是F調的歌，所以只好想辦法轉調之後才可以唱這首歌。我花了很多心思去研究，也找到了曲調轉換方面的一些規律和技巧，就這樣開始了第一階段的練習。

我很想模仿陳泗治校長彈琴的手型，感覺那樣子很帥氣，但那是人家用了多少年的功力才得來的，我怎麼可能這麼快就學會呢？我最初彈鋼琴比較死板，是因為專注力都在手上。為了練好手型和指法，我常常聽唱片裡面低音與和弦的關係，有時還會在唱片中聽到和弦以外的旋律，我也會考慮這些旋律是不是也可以添加到歌裡面。

剛開始彈琴時，我只能像現在的小孩子那樣用兩根手指去彈，手慢慢地在琴鍵上滑動。那時我只練〈Today〉這首歌，也只唱這首歌，不但唱得滾瓜爛熟，也去查這首歌的意義大概是什麼，要把自己的表情也顯露出來，同時還要留意歌詞與旋律是否對應。不足的是，《知音集》的曲譜並沒有歌的前奏與尾奏部分的譜子，而我們在唱片中聽到的這首歌的前奏與尾奏比較複雜，很難在沒有曲譜的情況下完整地模仿出來，所以我還要給這首歌設計出比較簡單的前奏和尾奏，才能讓這首歌更加完整。

我很留意別人彈琴時候的指法以及兩隻手如何配合，慢慢瞭解到手指應該怎樣翻動，音階才會降下來。不過每個人的手指長度與形狀畢竟是不一樣的，我始終沒辦法按照正確的指法彈奏鋼琴，在彈C調的時候，我依然只會用兩根手指，就像打算盤一樣。雖然和其他人彈琴時候的指法不同，但我最終摸索出了最適合自己彈琴的方式。其實直到今天我彈琴的指法也一直沒有改正過來，所以我通常不讓別人站在我的後面看我彈琴。

慢慢地，我練會了〈Today〉這首歌，雖然這首歌是別人寫的，但因為經過了我自己整體的構思，也一直選擇以自己的方式去演唱，所以對這首歌的感悟就更深刻，大概這也是後來別人喜歡我唱歌的原因。

每當一首歌練熟之後，我都會選擇一首更難一些的歌曲繼續練習，每一首歌的前奏、間奏、尾奏都需要經過我的揣摩而進行重新編排。一個人的思緒會因為自己對這首歌成熟度的不同而改變，與此同時，自己的年齡、境遇等一切條件也在改變，這些因素無一例外地影響著鋼琴的彈奏。

自彈自唱的另一個難點在於琴聲與嘴巴的配合，鋼琴發出的是一種聲音，嘴裡唱出的是另一種聲音，這兩種聲音的共鳴會形成互撞，但它們也需要相互傾聽。我畢竟不是鋼琴家，不能只管著彈琴而不唱歌，所以為了凸顯唱歌的聲音，手指就不得不在琴鍵上忍讓一點。

彈琴是一個不斷改進的過程，如果對某一個細節的表現感覺不好，就要想著下次再彈的時候改進一點試試看，所以幾乎不會有完全相同的彈奏出現，直到演化出最完美的版本。我在聽別人唱歌或是聽到某一段交響樂的時候，如果發現其中有哪些值得學習的元素，就會思考是不是可以把這樣的元素放在自己的彈奏裡面。哪怕只是一點小小的改進，最終也會讓一首歌更加完美一些。

就這樣一首歌一首歌地練下來，我很快就練會了六七首英文歌。我習慣在譜子上面做記號，提示自己在彈奏哪個地方時要注意些什麼，但是我在外面也經常用到別人的譜子，那些記號也就全沒有了。記號丟了其實也沒關係，但歌詞一定要唱對，因為會有很多外國人在聽，唱錯的話會很難堪。

有一次，我們請來的鋼琴師生病了，店裡的客人問：「Where is the pianist?」我聽後只好救急上去應對，其實那時候我還沒有在別人前面正式地彈唱過。以前的麥克風架不能調節方向，只能直立地放在地上，所以為了唱歌方便，我只能把麥克風夾在兩腿中間，以一種很彆扭的姿勢去彈琴。我當時只會以前練過的那六七首英文歌，但需要彈奏鋼琴的時間卻是兩個小時，我只好想辦法加長每一首歌的彈奏時間。

通常來說，一首歌在彈奏兩次以後也就結束了，而我彈了兩次以後才開始唱，唱完一次再彈奏一次，然後再把副歌重唱一次，這樣下來，一首歌就能耗費十分鐘的時間。反正客人也不會真的在意我具體怎樣唱，而我剛好也趁這機會把這些歌彈唱得再熟練一些。有過幾次經驗以後，我把請來的鋼琴師彈琴的時間縮短了一小時，後面的時間就由我在店裡來彈琴唱歌了，我也終於滿足了中學時候對於彈鋼琴的願望。

二〇一五年，我去陳文茜的節目作客，她在節目中即興抽考我，問我會彈的第一首鋼琴曲是哪一首，我告訴她是〈Today〉，她便馬上要求我彈奏出來。這道題難不倒我，它是我鋼琴歲月的起點，雖然距離我練習鋼琴已經過去了四十多年，但那首歌的旋律依然深深印在我的腦海裡。

其實〈Today〉所表達的意義就像我彈鋼琴一樣，每個人都有自己的夢，但是在我們追求的過程中，總會有些東西阻礙著我們。在一切塵埃落定之前，我們依然要選擇聽從自己內心的召喚，朝著夢所在的地方出發。

楓葉

我的母校淡江中學，坐落在淡水鎮的一個小山崗上。小山岡從前叫做「埔頂」，沿坡而下，經過一條長長的像天梯一樣的小路走下來，可以通往淡水漁港。我常常在放學以後，在學校准許我們出校園的那個時段，從那條天梯小路走下去看看觀音山、淡水河，再走到紅毛城，看一看淡水最美麗的黃昏，然後走回校園去，那時候學校在傍晚是要點名的。那樣的黃昏是美麗的，然而比那黃昏更美麗的，是我讀高中二年級時候在校園裡面遇見的一位正讀初三的學妹。

我們校園的建築結構很像北京的四合院，裡面還有一座古老磚砌的八角塔。校園中間有一條通路，我們管它叫三十八度線，它的右邊是女生教室，左邊是男生教室，我們互相不能越過中間這條線。那條三八線的兩邊是整齊的草坪，雖然男女生之間不能通信，不能說話，但是我們可以在這邊的草坪看著女同學走過來，朝她們吹吹口哨或者悄悄地問她們叫什麼名字。

有一次我藉著去教務處打掃的機會偷著把學校資料翻出來，查到了那個學妹的名字，從此我會在她走近我的時候偷偷叫她，但她只是回頭看看，並不說話。我們學校的男生女生都穿西裝，藍色的衣服上面印著校徽。學妹每次從我面前走過，微風吹起她的裙襬，美麗得像個天使一樣。

我和學妹下課的時間差不多，但我可以藉著管理學弟的名義提前跑到校門口去，等到她要下課的時候，我就先跑出校門，到學校外面的天梯小路去等她，這條小路是她回家需要經過的地方。那條長長的天梯小路被楓葉包圍起來，黃昏時分，楓葉紛紛飄落，美麗至極。

我在天梯小路的下面假裝看書的樣子，其實是在看著她像一個天使下凡慢慢走下來，飄逸如一陣玉蘭花香的文靜，美麗地走過早已闔眼膜拜的我。她每次經過我這裡，都會向我點下頭，輕輕喊我一聲學長，然後從我身旁走過，繞到下面的淡水漁港，我只能默默看著她的背影。在那個花樣的年紀，這樣的場景令我難忘，卻也心酸。

我們的學校是一所教會學校，那時候我是學校裡面聖歌隊的隊員，每個禮拜天都要參加聖歌隊的活動。學校裡教我國語的陳老師的弟弟常來學校打籃球，我無意間從他那裡知道，那位學妹竟然是他的鄰居，原來我常常站在半山腰看淡水河的時候，下面的一棟白房子就是她的家。

學妹和她的媽媽通常在淡水教會做國語的禮拜，她媽媽很年輕也很漂亮，但我一直沒有看到她爸爸。後來我在教會裡才知道，她家是江蘇人，她的爸爸是商船船長，所以他們一家人的穿著都很講究。

從這以後，本不屬於淡水教會的我也改在了每個禮拜天去那裡禮拜，並參加了淡水教會的唱詩班。幸運的是學妹也參加了唱詩班，並巧合地與我坐在同一排。那是我唱歌最認真的一年，我並沒有打算把歌聲獻給上帝，而是在唱給學妹聽。她有時候會悄悄湊過來聽我唱，我便故意唱得稍微大聲一點，恨不得用全部的歌來頌讚她。可我們仍然一句話都沒有說過，她永遠都只輕輕喊我一聲學長而已。

在她即將畢業那一年，教會要辦一個聖誕夜的活動，準備晚上到我們的老師和一些重要的教友、牧師家裡去「報佳音」。「報佳音」的時候，大家像天使一樣摸黑潛到這些人家的院子裡，安靜下來以後唱一些關於聖誕夜、平安夜的歌。這時候屋子裡的燈會打亮，家裡的人把糖果或者飲料拿出來分給大家，互相說些祝福聖誕快樂之類的話語，之後我們再換一家去「報佳音」。

那天我們到了校長家，他家的院子裡有很多樹，將月光遮蔽得暗淡下來。我們排著隊走進去，學妹剛好站在我的旁邊，想起她明年就要畢業，我就一邊唱歌一邊偷偷把手伸了過去，而她的手也慢慢伸過來，就在我即將與她牽手的一剎那，校長家突然亮起了燈火，我們兩個人的手就像見不得光亮的精靈一樣，只好在這燈火的映射之下躲藏起來。我已能感覺到她手的溫度，但終究沒能觸碰，情竇初開的暗戀真的是又甜又苦的滋味啊！

我偷偷地看著她，她靦腆地低著頭，不時地看看我。我對她說：「聖誕快樂！」她回答我：「是，平安快樂。」我們之間只有這樣簡單的幾句話，那個晚上我回到宿舍睡不著，徹底失眠了，一直叫著她的名字。Oh, I called your name! I can't sleep all night!

在她畢業的時候，我在她放在教會的那本《聖經》裡面寫了幾個字：將要畢業的你，在我心中不會畢業。我把一片紅色的楓葉夾在那本《聖經》裡面，壓住我寫的文字，就像信箋一樣，留了一角露在外面。在我們那個學校，給女生寫信是要記大過處分的，而我早已顧不得這些，我想她一定看到我冒死寫給她的字了。

那時候的我實在很幼稚，也不太會作文，但還是想寫一點東西給她，所以就有了〈楓葉〉這首歌。這是很幼稚的，苦戀的一首歌，我看到她的時候心裡的悸動非常大，但她畢業以後就到銘傳學院去讀書了。

一年之後我高中畢業，回到家以後卻躲了起來，不敢去聽收音機裡面的考試放榜，而除我以外全家幾乎所有人湊在一起弄了一個大收音機來聽。我們山上講的國語和收音機裡面講的國語不一樣，而且收音機有雜音，聽不清裡面在說什麼，我根本不知道自己有沒有考上唯一志願的大學，更不敢守在收音機跟前。我躲到村莊裡的同學家去喝酒，我覺得自己不一定考得好，但沒多久我聽到了外面的鞭炮聲，小學同學跑來找我，對我說：「你好像考上了，第一志願，台大。」而我卻將信將疑，快樂不起來！

後來有電話打到太麻里電信局說有我的電報，要我去拿。當我拿到電報才知道，原來是學妹跑去幫我看榜。我們之前幾乎沒有說過一句話，而她卻在電報上對我說：「金榜題名，第一志願，以你為榮！」看到那張電報，我眼淚都要掉出來了，趕緊把電報拿回去給家裡人看。但在那之後，大家各忙各的，我們都沒有再聯繫。

到大學後，我意外地變成了一個歌手，學妹也即將從銘傳商業專科學校畢業，但已經訂了婚。我在淡江中學的一個學長與她的未婚夫是世界新聞專科學校的同學。學長告訴我：「你以前暗戀那個人，就是我同學的準太太。」雖然我聽後心裡不是滋味，但畢竟那種暗戀的感覺還在，於是對學長說我想見到她。學長說：「沒問題，我帶我同學來，也帶她一起來哥倫比亞聽你唱歌。」

到了約定好的那天，他們三個人坐在台下正對著我的那個位子。學妹還是以前的樣子，仍然沒有正視我，而我也是以前的樣子，我們兩個人的眸光始終沒有相對，以前學校裡的場景如今搬到了哥倫比亞的舞台兩端。

我這時想起了〈楓葉〉這首歌，那是一定要唱給她聽的：「在那多色的季節裡，你飄落我荒涼的心園……」她的未婚夫離開了座位，只剩她一個人坐在那裡，我唱歌的時候看到她在輕輕地擦拭著眼淚，我在台上一下子眼睛也紅起來了，唱得有點哽哽的。唱完那首歌，我把琴放下，很想去牽她的手，去擁抱她，但我一個山谷裡面出來的孩子始終沒能這樣做，不過我有那樣深邃的情愛藏在心裡面。

我走過去面對著她，沒有再喊他學妹，而是叫了她的名字，對她說：「久違了，都好嗎？」她想要站起來，但遠遠地看到她的未婚夫從外面走過來，便又坐了回去，對我說：「學長，我很好。」我說恭喜你，要有夫君了，她只是簡單向我道謝。

我跟她的未婚夫握了握手，說：「你應該知道這是我的學妹吧？」他說知道，所以才來聽我唱歌，是旁邊歐先生帶他們來的。

那是我們的最後一次見到面，那個時候照相機還不流行，也沒有留下來任何她的照片。但是她的樣子始終印在我的腦海裡面，一直揮不掉，人們常說初戀的感覺青澀而美好，但是如我這樣的暗戀，卻是又甜又苦。每次看到她，想到她，都覺得存在於眼前的是一片溫暖的美景，但令人遺憾的是，這美景卻總是出現在黃昏裡。

今年我回到台北看我女兒，女兒家住五樓，我從五樓頂層看外面，偶然間看到一個似曾熟悉的背影，那一定就是她。我從五樓大聲喊她，但她並沒回頭，也許是因為外面的聲音很嘈雜而沒有聽到。我衝到一樓去，從後面大聲喊她，她還是沒有聽到，人也走遠了，但我確定那個背影就是她。後來住在一樓的一個朋友告訴我，他們常看到她來，說是她的親戚住在哪一個樓層。

遠遠看去，她還是那麼漂亮，還是穿著黑裙子，白襯衫，頭髮短短的，就像在淡江中學時候的樣子。算一算她也大概六十多歲了，但對我來說，她依然是那樣美麗的。

〈楓葉〉是我至今唯一的一首情歌，她雖是別人的夫人，但有我滿滿的愛。

螢幕之光

前不久，我和陶曉清、李建復一起參加了淡江大學金韶獎座談會，在那次的座談會上，陶曉清說起了一件七〇年代台灣民歌運動時期的往事。當年陶曉清有個提議，讓我們這些朋友用詩人周夢蝶的詩來譜曲，共同做成一張歌集來出版。

詩人周夢蝶是大家眼中的奇人，他本是一個浪漫的退伍老兵，生活過得非常簡單，每天在台北武昌街明星咖啡館走廊盡頭的角落擺一個書報攤，在那裡寫寫詩，賣書報，以這樣的方式來維持自己的生計。他賣書報的地方並不熱鬧，但是附近分布著許多咖啡館，尤其明星咖啡館是當時台北唯一在賣俄羅斯甜點的地方，價格不貴又充滿了異國情調，所以格外吸引藝文界人士的光顧。周夢蝶在這裡擺攤賣書報，的確是個不錯的選擇。

陶曉清的這個提案和楊弦以余光中的〈白玉苦瓜〉入歌幾乎是同時期的事情，那個時候台灣剛剛萌發了「唱自己的歌」的想法，一時沒有專業的作詞人，於是以詩入歌成了那個年代的時尚，蔣勳、陳君天、羅門、蓉子等人的詩作紛紛被拿來譜曲，最終變成了歌。

我從周夢蝶的詩集裡面選了〈菩提樹下〉和〈月河〉兩首詩來譜曲，因為在我看到這兩首詩的時候，心中自然而然地生發出詠歎，那頓頓點點的感悟比較能夠與歌合得來，所以我很快就寫好了曲譜。只不過那兩首詩的曲譜寫得比較簡單一些，我們那時還不太會寫複雜的東西。

雖然我寫好了歌，但是由於一些原因，陶曉清的這個提案最終被擱置了下來。計畫沒能順利進行，卻並不影響我與好朋友們分享自己寫好的歌。陶曉清一直對我寫的〈菩提樹下〉念念不忘，就連金韶獎座談會上都在講她聽我唱這首歌聽得落淚。那時她以為我一定是這一批朋友當中第一個出唱片的人，沒想到我卻是最後一個。

那時我已經在哥倫比亞咖啡館駐唱，而且每週都會到電視台去唱西洋民謠，而陶曉清當時是電台節目的主持人，同樣在做西洋民謠，所以她在通過電視認識我之後，熱情邀我參加了她的這個提案。當時在咖啡館或餐廳駐唱的歌手不在少數，但如果能夠出現在電視畫面中，那可是一件不得了的事情。

第一個找我上電視節目的人是洪小喬，她從哥倫比亞咖啡館找到我，邀請我去她的節目《金曲獎》中唱歌。當時台灣的電視機普及程度並不算高，電視節目的錄製技術也遠沒有今天發達。雖然是電視節目，但是需要先到錄音室裡面去錄，而真正到了電視節目的舞台上，還需要按照自己之前錄好的內容對口形，如果節目中需要講話，一般都要切換到其他美工畫面才行，整個節目就像被剪輯出來的電視連續劇。

那時的電視節目製作還屬於膠片錄影的時代，電視台用到的膠片都是要花大價錢才能進口的東西，為了不浪費膠片，電視節目也只能以這樣麻煩的方式進行製作。當一盤膠片全部用完之後，為了節省買膠片的錢，電視台就會把膠片上的內容全部洗掉，重新錄製後面的內容，因此台灣七〇年代很多的電視節目都沒有能夠被保存下來。

洪小喬是當時台灣最出名的電視節目主持人，在一九七一年，她主持了一檔叫做《金曲獎》的節目，在那檔節目當中，洪小喬的主持風格非常藝文化，談吐大方，人也長得漂亮，因此大家都很喜愛看她的節目，甚至乾脆把她稱作「金曲小姐」。

在《金曲獎》的節目上，洪小喬的裝扮非常特殊，用一頂大草帽遮住自己的臉，只露出一點點鼻子和嘴巴，她在節目裡面抱著吉他自彈自唱一些美國民謠和英國民謠，也會邀請一些年輕的歌手上她節目，共同演唱一些西洋歌曲。那個時候，洪小喬除了唱西洋歌以外，也開始了自己的音樂創作，並藉由《金曲獎》這個節目將她創作的歌曲唱給大家聽。那個時候的台灣還沒有興起民歌運動，我也還沒有開始寫歌，所以從這個角度來講，洪小喬才是台灣最早「唱自己的歌」的人，她是這方面真正的先驅者。當年李雙澤到處尋找可以自己寫歌唱歌的人，在認識洪小喬以後，李雙澤不僅趕去她的演唱會上幫忙，還義務幫她拎著吉他，送她去搭計程車。

在二〇一五年「民歌四十」的紀念演唱會上，第一個安排出場的歌手是黃仲昆，那天他所唱的〈愛之旅〉、〈牽掛〉就是洪小喬當年寫的歌。那次的演出順序以歌產生的年代作為排序，以這樣的方式向洪小喬致敬，在她的歌演出之後才是我的歌出場。就連如今台灣最重要的音樂獎項「金曲獎」，實際上也是借用洪小喬當年所主持的電視節目名字而在紀念她。

歌唱以外，洪小喬在她的節目當中還首創了一個單元，叫做「回覆觀眾的來信」，她會根據大家來信的內容即興地彈唱，把來信裡的字句抓出來，以歌曲的形式把信回復給觀眾，這成為了當時這檔電視節目的最大特色。後來還有一些詩人把自己寫的新詩寄過去，故意讓洪小喬唱出他們的作品。

在《金曲獎》的最後一集，洪小喬摘下了那頂大草帽，人們也終於看到了她漂亮的臉龐。不過在那次和觀眾道別之後，洪小喬便遠赴日本短暫進修去了。在洪小喬離開以後，中視組織原班人馬做了一檔新的電視節目《每日一星》，邀請張艾嘉作為節目的主

2015 年「民歌 40」民歌高峰會演唱會。（郭樹楷／攝影）

持人。同一年裡，當洪小喬再次回到台灣時，她轉投台視，主持了一檔叫做《錦繡歌林》的電視節目，在那個節目上，洪小喬沒有再戴那頂大草帽，人們可以清楚地看到她的臉。《錦繡歌林》延續了《金曲獎》的節目風格，洪小喬也依然在節目中唱著西洋民歌和她自己創作的歌曲。張艾嘉和洪小喬所主持的節目都常邀請我去錄影，於是在那一年，我們成為了電視節目當中的常客。

張艾嘉在主持《每日一星》的時候只有十九歲，在此前，學生時代的她曾在電台裡唱過歌。相比於洪小喬的主持，張艾嘉並沒有那麼老練，但由於長期在美國讀書的原因，張艾嘉的英文非常好，所以英文歌也唱得很不錯，而且她對西洋歌曲的背景比較瞭解，因此在節目當中能夠將歌曲演繹得更加生動。

張艾嘉早期的主持雖然青澀，但她始終保持著輕鬆的狀態，隨著電視節目的播出，她的知名度也在不斷攀升。在三個月的電視節目播完之後，張艾嘉選擇去香港發展，並成為了嘉禾旗下的女演員，很快就出演了她的第一部電影《龍虎金剛》。

我每次與洪小喬準備《錦繡歌林》錄音的時候，她都很有經驗地在沒有錄音之前和我對好台詞，告訴我要在哪裡開始唱歌。她在節目方面有著自己的主見，經常要求美工或導播按照她的想法進行一些工作的調整。當時的音樂類電視節目製作得相對簡單，主持人通常沒有太多的開場白，只是簡單地用唱歌的方式串起整個節目。而洪小喬會在節目當中加入對歌曲的詳細介紹，然後才請出嘉賓與她對唱或是單獨演出她剛才介紹的歌曲。在主持過《錦繡歌林》以後，洪小喬選擇了嫁人生子的人生道路，並一度投身於商場。

當時台灣的電視節目非常少，只要有一檔新的節目播出，一定會擁有極高的收視率。當時為數不多的幾家電視台也由此形成了默契，各自將近似節目的播出時段避開，盡量減少不同電視台之間的節目衝突。其實對我來說，自己所參加的這三檔電視節目在本質上給我的感受並沒有什麼不同，而真正讓我覺得不同的電視節目是我和胡茵夢一起主持的《伊甸園》。

我很早就與胡茵夢相識，那時候她還沒有投身於電影，也沒有改名而叫做胡茵子。她經常到哥倫比亞咖啡館，也偶爾會和李雙澤他們一起到洛詩地，有時我們也一起唱唱歌。所以當我們一起在電視上做節目的時候，完全沒有任何生疏的感覺，所以整體感覺都比較放鬆。當時常與我們聚在一起的幾位朋友都上過我們的節目，做起節目的感覺簡直就是把哥倫比亞咖啡館搬到了電視當中。

胡茵夢是當時台灣很多年輕人心目當中的夢中情人，大學宿舍裡經常有人談論起她，就連很多女生都說她長得很美，而我卻一直把她當成最要好的哥兒們看待。我們做起節目非常有默契，也經常在電視上對唱一些歌曲，後來有的雜誌不明真相，把我們寫成是戀人的關係，這可是天大的誤會。

在做完《伊甸園》以後，胡茵夢選擇在電影方面發展，她參演的第一部電影《雲深不知處》一上映就獲得了巨大的成功，從那以後，越來越多的人開始認識她，胡茵夢這個名字也隨她一起成為了當年台灣家喻戶曉的電影符號。在那幾年裡，台灣的電視節目剛剛興起，電視節目的主持人一旦獲得了社會高度的認可與關注，多半就會迅速轉投電影事業以獲得更好的發展。在成為電影明星以後，胡茵夢又回到電視台主持過一檔叫做《停看聽》的音樂節目，我照舊參加了那檔電視節目的錄製。

在民歌運動以前，雖然我在哥倫比亞咖啡館唱歌已經有了一些名氣，但那一點名氣也僅止於哥倫比亞咖啡館。但幸運的是，正是因為哥倫比亞匯聚了太多的藝文人士，我才有機會受到電視台的邀請而成為民歌運動時期唯一上過電視節目的民歌手。可惜的是從民歌運動以後，台灣的社會發生了巨大的變化，曾經相聚的朋友們都慢慢變得忙了起來，每個人走向了不同的人生軌跡，也各自經歷著起伏的人生境遇，許多朋友之間的交集變得越來越少，這大概是我們年輕的時候不曾想到的事情。

自八〇年代開始，台灣的電視節目逐漸發展起來，所有的音樂節目再也不是過去需要對口形的樣子了。但我從那時候起，卻不得不離開民歌，也離開了電視節目，即將獨自走完一個男人必須走過的路。

匆匆四十載過去，現在的電視節目早已今非昔比。二〇一六年，我受到大陸中央電視台的邀請，兩次參與了《朗讀者》節目的錄製，看到《朗讀者》的火爆程度，不禁想起了自己當初所參與的幾檔電視節目。當我坐在《朗讀者》舞台上的鋼琴旁邊，琴鍵按下去，腦海裡面滿滿地都是自己年輕時候的模樣。

搖籃曲

八〇年代中期以後，我從一名民歌手變成了台灣原住民權利運動的發起者，雖然這方面的工作取得了很大進展，但自己卻跌入了人生的最低谷。在那最灰暗的日子裡，我不得已帶著兩個孩子回到台東，投奔年事已高的老媽媽。我沒有歌可以唱，沒有任何經濟來源，身體也出了問題。看著年邁的媽媽和兩個幼小的孩子，我哭天求地乞求上蒼再給我一次唱歌的機會，我能做的只有一件事，但是事與願違，很長時間我都沒有歌可唱。

不久後，黑名單工作室的王明輝打電話給我，說有首歌想讓我唱。但我離開歌唱太久了，已經開始失去了唱歌的興趣，但想起自己曾經哭泣地乞求，心裡覺得也許這真的是上蒼給我的機會，於是答應了下來。我問他要我唱什麼歌，他說想和我見面再聊，因為歌裡面還要很多地方需要我們一起商量。

黑名單工作室是王明輝、陳主惠、陳明章等人在一九八九年共同組成的音樂工作室，他們最早工作的地方在北投陳明章的家裡，那裡距離李宗盛過去搬運瓦斯的地方很近。

黑名單工作室做的第一張專輯《抓狂歌》震撼了整個台灣，打破了閩南語歌一直以來給人留下的固有印象，他們以搖滾的方式創造了另一種開端。在我的印象當中，王明輝是一位左派音樂家，他反戰，支持人權與弱者，還經常跑到原住民部落中去，在那裡認識了很多朋友。

見到王明輝以後，他告訴我有兩首歌要唱，他已經把伴奏弄好了，不過伴奏很長，所以有很多需要我發揮的地方。我先唱了〈不不歌〉，唱完以後開始準備下一首歌〈搖籃曲〉。這首歌的旋律其實比較死板，整個節奏有點進行曲的感覺，所以當中很多地方需要我來發揮。然而在看到第一句歌詞「不要學白郎」時，我感到非常意外，詢問之下才知道這歌詞是王明輝寫的，這正是他的特別之處。

白郎是王明輝從原住民部落中學到的詞，意思是指外來的騙子。但是這種外來和台灣的外省人或本省人無關，而說的是清朝時候來到台灣，專門通過欺騙的手段與台灣原住民做生意的人。

清朝的時候，大陸東南沿海一些人渡海來到台灣，他們從屏東、高雄這些地方上岸，把自己從大陸帶過來的貨物賣給原住民，或是和他們交換其他物品。那時候台灣原住民的生活條件相對於這些渡海而來的人來說比較落後，所以很喜歡這些人運來的生活用品。

但是原住民不懂如何做生意，也沒見過那些遠道而來的貨物，於是那些外來的人便抓住這樣的漏洞開始訛詐原住民。他們會把一根普通的針說成是磨了幾百年才做成的文物，以很高的價格賣給原住民，或是用很便宜的東西換走原住民手中珍貴的獸皮，而這些單純的原住民還會把他們稱作朋友。

這些人賣掉了手中的貨物以後就會迅速離開，沒過多久，其他外來的人再次來到台灣和原住民做生意。他們人人都想壟斷這種欺騙人的生意，所以用閩南語告訴原住民其他賣給他們貨物的人都是白郎，是壞人。但是來到這個島嶼的人越來越多，用來交易的物品價格也就相應地越來越低，之前的種種欺騙與訛詐再也瞞不住了。

這些原住民並不理解為什麼自己把這些人看作好朋友，而他們卻接連不斷地欺騙自己，甚至他們之間還要互說對方是白郎，想要獨自霸占這可以輕鬆行騙的地方。說對方是白郎的人，自己往往也是白郎。所以後來台灣的原住民借用了這些外來的騙子自己的話，把他們全都叫做白郎。

順著歌詞的第一句讀下去，整首歌的歌詞帶給了我深深的震撼，也讓我覺得自己和王明輝有著很多相同的觀點。

不要學白郎／說謊騙自己／這片大地從來不是私人的財產／金碧輝煌的高樓上住著小腦袋／他們的錢很多心很窄
總有一天你要自己去流浪／窮人家的孩子一樣會長大／只是瘦一點呀／不過沒關係／寂寞時你就看看那高高的月亮
不要學白郎／吸別人的血／鬥志堅強你爭我奪誰也不服誰／他們踩在別人的身上向前闖／做盡了壞事還假裝很善良
這個世界很多事情你不必知道／這個世界很多東西你可以不要／不夠你貪心卻足夠你所需／活著像流浪人別怕他們笑
你要記住生命的本質是孤獨／有良心的人一定會活得很辛苦／這個世界叫人失望容不下夢想／寂寞時你就想想美麗的故鄉

這是一首漢人朋友以人的良心寫出的歌。在我看過這段歌詞以後，和王明輝討論了很久。他本以為我們原住民把所有外來的人都稱作白郎，而我糾正他說白郎說的是外來的騙子，對於其他外來的人，我們原住民有專門的詞語作為稱呼，那是與道德沒有任何關係的詞。那次見面，我還給王明輝講了其他有關白郎的事情。

這片大地從來不是私人的財產，不要學白郎。（郭樹楷／攝影）

在很早以前，台灣的原住民是母系社會，渡海而來的一部分漢人為了能夠占有原住民的土地，便想辦法與她們通婚，入贅成為她們的女婿。但是久而久之，與原住民通婚的漢人越來越多，台灣原住民的母系社會變成了父系社會，而這個時候，那些入贅過來的漢人卻教育他們的子孫不要承認自己是原住民的後代。在過去，很多原住民的長者在去世以後，他們的族譜是空白的，墓碑也沒有文字。他們除了我們的靈魂以外，拿走了我們太多的東西。

台灣原住民的人口數量本就不多，在與漢人通婚以後，原住民在被嚴重漢化的同時，下一代也會受到過去社會環境的影響，無法承認自己原住民的身分，這讓原住民的數量變得越來越少，甚至有一些族群就這樣消失掉了。還有一些人覺得原住民應該一般化才好，不要有屬於自己的身分，也不要有自己的語言，更不應該擁有自己的土地。如果真是這樣的話，我們的民族就要徹底消失了。

我們在推動原住民權利運動的時候，為了能讓自己的族群得以保留，最終爭取到這樣一項權利：漢人與原住民通婚所生的孩子，到了十八歲的時候可以自由選擇是否加入自己原住民的母籍，承認自己的原住民身分。我們用這樣的辦法保留住一些族群的人口數量，不能再讓自己的民族繼續消失下去。我們一直積極地爭取著本應屬於自己的權利，雖然現在整個社會對原住民的態度有了很大改變，但仍然還有土地等其它問題需要這個社會來共同解決。

我知道王明輝寫的這首歌就像在我心裡早已形成的東西一樣，和我有著強烈的共鳴。他寫得痛快，我唱得也痛快。這首歌的伴奏特別長，王明輝讓我想想看，能不能在伴奏的間隙加入一些我們原住民的古謠，於是在錄音的時候，歌裡面就有了我的一些吟唱。那些吟唱其實是台灣平埔族原住民已經消失的母系氏族當中的詠歎，這些詠歎在排灣族和卑南族都曾存在過，是一種很深沉的表達。

王明輝是比任何原住民還像原住民的一個漢人朋友，他用言論，用歌，用行動護衛我們，他在〈搖籃曲〉裡面所寫下的歌詞其實就是在講台灣有關原住民的社會問題，這些問題一直延伸到現在，它們都存在於王明輝的眼中。其實王明輝自己也有排灣族血統，而陳明章有著凱達格蘭族的血統。如今台灣很多原住民的族群都已經被同化或消失了，凱達格蘭就是這樣的民族之一，他們原本生活在台北、淡水、桃園一帶，所以曾經台北就被稱作凱達格蘭，就像高雄在過去被稱作打狗一樣，這些都曾經是原住民命名的。台北如今還有條街道的名字就叫凱達格蘭大道，還有塔悠路和河（髮夾、梳子之意），象徵著對台灣原住民歷史和文化的尊重。

如今的台灣也有一些近乎消失的原住民族群得到了復興，撒奇萊雅族的後人通過反省重建了自己的文化，使這個族群得以延續下來。當然，這個社會上也經常會出現與這種反省所不同的聲音，說原住民的福利已經被爭取得不錯了，教育、土地、健保都已經很優待了。其實任何說法都不重要，我們曾經所做的很多事情都是希望人們能夠記住自己的歷史。如果追根溯源的話，台灣一半以上的人口都或多或少地擁有著原住民的血統，但是很多人不願意承認這個事實。只有當這些人對政治有了目的與訴求的時候，才會承認一些自己原本就知道的事情。

台灣光復以後的幾年，有兩百萬人陸續從大陸漂洋過海來到台灣，這些人當中以老兵居多，他們有的人在台灣娶妻生子，也有的人孤獨一生。有一些老兵來到部落，與原住民結婚定居下來，我們沒有稱呼他們外省人，更沒有把他們叫做白郎，而是管他們叫做老爹（Liaw-Ti-Ya），跟他們的關係也比較親密。這些老爹把青春獻給了社會，但大多人最終孤苦伶仃，晚景淒涼。我們原住民過去被人們汙蔑地叫做「山胞」，又是誰給這些老爹貼上了「外省人」的標籤呢？

這片大地從來不是私人的財產，不要學白郎（自私自利、忘本之意），以「番仔」汙名這些應是母舅的我們！

大地恍神的孩子

二〇一〇年的時候，我還居住在台北，趁有一天天氣很好，我想去陽明山走走。坐捷運來到新北投，我打算沿著磺溪走上去，這條路上通常沒有什麼人，而且可以一直走到擎天崗。就算中途渴了，也能喝些山裡的泉水，這一天就當作藉好天氣的機會給自己放假了。

一路上我走走停停，路途過半，沒想到突然下起雨來。雨來得很急，我沒有帶雨具，而且也怕溪流暴漲，便再走上去了一些，在一個涼亭裡面躲起雨來。那場雨下得很大，過了很久也沒有停。大概是我走得累了，不知不覺靠在涼亭裡面睡著了。

在我睡著以後，作了一個奇怪的夢，竟然夢到我們的祖先來涼亭看望我。他們圍在我旁邊，其中一個人對我說：「你這個孩子為什麼還在這裡走著？為什麼還在荊棘當中，在芒草當中爬山？為什麼要把自己困在這裡？沒有錯，我們卑南族是會恍神遊走的的民族，但你不要忘了，時間差不多的時候，你要記得回去，要回到家鄉去。」恍神這個詞是我用卑南語翻譯成漢語的詞，卑南語中這個名詞有著很巫的意義。夢中的另外一個老人說：「孩子，不要再這樣走了，這樣很辛苦的。來來來，拿個椅子給他坐，讓他休息，不要再走來走去。我們總有停下來的時候，你要融入自己家裡的人，去陪伴他們。」

我從夢裡醒來了，感覺很冷，想想自己剛剛作的夢，就好像《賽德克·巴萊》電影中出現的場景，我是不是真的該回故鄉去生活了呢？其實在這之前，我不止一次想回到台東去生活。小時候把妹妹從養父母家接回來時，我第一次有了再也不想離開家的念頭，但那個時候我根本沒辦法留在台東，不得不繼續回到淡水去讀書。後來好朋友嚴長壽喜歡上了台東，雖然他不是台東人，但他真的比我更早回到了台東，並為那裡做著許多的事情。他常說在台東等我回來，雖然我已經可以經常回去，但還是礙於工作，沒能長期居住下來。真正催促著讓我下決心回到家鄉生活的，其實就是這個夢。

那幾年裡，我的叔叔和堂哥相繼過世，在爸爸家族支系裡面，我變成最年長的人了。在我們回台東送叔叔的時候，瞭解到卑南族老人對故去的人會有這樣一種說法：「造物者讓我們來到這個世界上，我們在這片大地上到處神遊，看一看這個世界。時間到了，你先回去了。我們玩耍的時間還有一點點，但最終我們也會回去的。」

聽到家族裡老人這樣的說法，我很想寫一首歌來表達我們卑南族對待生命的態度。

但是這種在我們看來很巫的說法，很難找到一個合適的詞來與這種感覺準確對應，用國語也很難描述出來。最後我將卑南族人來到這個世界上的狀態翻譯作恍神，並且決定用我們自己的母語來寫這首〈大地恍神的孩子〉。

卑南族的母語沒辦法做到像國語一樣精簡，甚至也不能完全分清楚段落來描述我這一生在大地之上的恍神歲月。既然祖先託夢召喚我回到家鄉去，那我就寫出自己如何離家，如何徘徊，再如何回去好了。

卑南族的人很在意自己的古訓，把勤勞與勇敢當作自己的追求，而嚴守著一切民族習慣中的禁忌。直到現在，卑南族的人們依然保持著密切的家庭關係，一直牢牢守護著這種傳統。在我們年祭的時候，家族裡的人們都要趕回家鄉祭祖，我們的歌舞並不是想要表演給其他人看，而是真的在用過去祖先生活的方式度過新年。

我從十一歲就離開家鄉，從那時起就很少參加卑南族的年祭了，偶爾回來也只是玩玩而已。我想用卑南族的母語來唱這首歌，雖然我沒有在卑南的地方生活過，但我始終記得自己的語言，身體裡也一直流淌著家族的血液。我想讓人們通過我的歌聲聆聽到自己的母語，以及父族帶給我的詠歎。

在這之前，我從沒有用卑南族語寫過歌，平日所唱的卑南族歌謠都不是自己創作的

〈大地恍神的孩子〉這首歌是唱給卑南族的孩子們聽的，告訴他們不要忘掉了自己的母語。（郭樹楷／攝影）

作品，這次要用母語來寫、來唱，這對我來說其實是一個很大的嘗試。這首歌我醞釀了很久，我希望能夠創作出一首如祖先傳誦故事般的歌，以這樣的方式把自己的故事講述給我的同胞們聽，而不是像普通流行歌那樣簡單。

當我把手放在鋼琴上，腦子裡又浮現出大雨中祖先們來到涼亭看望我的情景。我依著琴聲，用母語講述起大哥送我去淡水上學的故事，他把我一個人留在都市，我舉目無親，到處遊走，一直走了好久好久。祖先來到我的夢裡，讓我停下腳步，召喚著我回到家鄉，去陪陪自己的家人。的確，我一個人在這裡哭泣，一個人在這裡遊走，走了那麼久，我是要回去的。當我回去的時候，我希望祖先們就在我家外面轉彎處的樹蔭下等著我，還有那些兒時與我玩耍的小夥伴，也要在那裡等著我，我一定會回來。

這首歌我大概唱了十一分鐘，是我所有歌裡面最長的一首。它的概念來自我的夢境，而且在當時我也確實已經在考慮應該回家鄉去了。其實在我們錄完這個歌的時候，我真的已經在台東生活了，就像夢裡祖先們講述的那樣，我本想回去陪家人，最後卻成了被他們所陪伴的人，孩子們天天圍繞在我身邊。

我的三姊是在台北教卑南族與排灣族母語的老師，這首歌寫好以後，我專程去找她給我打個分數。因為從沒有用卑南族語寫過歌，我怕自己哪裡會有錯誤，或是沒有卑南族的感覺。可是姊姊並沒有給我打分數，她聽著我的歌，從頭哭到尾。我在歌裡面講述著自己的種種經歷，姊姊當然對這些都再清楚不過。我問姊姊：「我這樣唱，祖先們可以聽得到嗎？能聽懂嗎？我們的族人可以懂嗎？」姊姊回答我說絕對可以。沒有姊姊的認可，我是不敢把這首歌拿去發行的。

其實我更想把這首歌唱給卑南族年輕一代和小孩子們聽的，告訴他們不要忘掉了自己的母語。尤其現在已經在搞音樂，需要創作的那些孩子，盡量用自己的語言去唱歌。在我們原住民當中，有一些音樂人雖然母語講得不是很好，但他們會在部落中盡量去學習，用心提高自己的語言能力，然後再用自己的母語寫歌、唱歌。阿美族老人郭英男的音樂震撼了整個世界，紀曉君、陳建年這些歌手也始終堅持用自己的母語唱歌，這些歌聲應當讓那些不會母語的同胞們聽到，因為如今越來越多的小孩子已經完全不會自己的母語了。

原住民母語在台灣呈現著一種慢慢消失的狀態，從最初所謂禁止講母語的一元化教育體系開始，這樣的過程經歷了不同的階段，才形成了今天的結果。

台灣光復以後，國民政府來到台灣，想盡快讓國語普遍化，所以到了晚上會讓老人到教室裡面來上課。他們把國語推行小組分派到各個村，對每一個家庭進行著嚴格的考核，甚至偷聽人們在家裡的講話。我在嘉蘭國小讀書的時候，部落裡面就經歷著這樣的事情，如果爸爸不講國語，他在鄉公所裡面的考核就會被扣分，以致影響到他的工作。直到我去淡江中學讀書，這樣的情況才有所好轉。

除這個原因以外，母語的發展也需要擁有自身的語言環境，但是隨著台灣經濟的發展，越來越多的原住民同胞來到都市打拚。他們在都市永遠都是少數人，自己講的母語別人也根本聽不懂，反而會被別人用一種奇怪的眼神看待，甚至說他們是「生蕃」。這種民族方面的歧視讓許多原住民同胞告訴自己的孩子不要承認自己原住民的身分，更不要在外面講自己的語言，把原本屬於自己的一切文化全部封閉起來。

再到後來，台灣徹底踏入了這種經濟模式當中，更多的原住民同胞來到都市打拚，他們就是家庭裡面重要的經濟來源。他們把老人和孩子留在家裡，再從外面寄錢回來。他們本以為老人在家可以照看孩子，而孩子也可以學學自己族群的語言文化，沒想到他們得到的卻是相反的結果。當孩子上學以後，不再是老人教孩子講母語，而是孩子開始教老人講國語。整個社會的環境都已經改變了，母語的生存空間在這種社會的變遷當中變得越來越小。

幸運的是，和以前相比，現在台灣原住民的孩子們有許多途徑可以學習自己的母語，學校裡有專門的母語老師，也可以找到會講母語的保母來帶原住民的小孩子。母語要靠學習和練習才能收穫，現在部落裡的一些老人還沒有凋零，所以語言也不會完全凋零。只有把自己的母語邏輯尋找回來，語言才能屬於我們自己。母語的音樂不是死板地背歌詞，拋開音樂不談，就算是一個攝影師，如果懂得了自己的語言，拍照的角度也會不一樣。

曾經有許多原住民同胞主動放棄了自己的族群身分，而現在他們走過了那個特殊的社會環境，開始重拾自己的身分、語言與文化。其實無論哪個民族的同胞，只要認定了自己的身分，總會有一條路可以通往自己內心的家園。

總裁獅子心

在我年輕的時候，曾與幾位朋友一起開了台灣第一家鐵板燒餐廳，起名洛詩地。由於我在那裡擔任店長，所以不去哥倫比亞咖啡館唱歌的時候，我經常要守在那裡看店。每天關店以後，李雙澤、楊弦等幾位朋友經常來這裡找我，所以洛詩地也是我們幾個年輕人的聚點。就像在哥倫比亞咖啡館一樣，我在洛詩地也結交了不少朋友，其中就包括一位名叫 Stanley 的年輕人。

有一天，我坐在洛詩地最後一張桌子跟前，看到店裡有一個長得帥帥的年輕人帶外國人來吃飯。他衣著很講究，胸前戴了個牌子，上面寫著 American Express，也就是美國運通公司。美國運通公司是全球最大的旅遊服務公司，他們曾經甚至發行過和美元面值等同的匯票，這麼大公司的人都會來我的店裡吃飯，這多少讓我感到些意外。那個長得很帥的年輕人沒有名片，但他告訴我，他叫 Stanley。

或許是我店裡鐵板燒的味道不錯，從那次見面以後，Stanley 成了我店裡的常客，有時候他會和公司的客人，同事們，還有一個很特別的女士一起來吃飯，有時也會自己一個人過來喝酒。我們兩個人很喜歡和對方聊天，時間一長也就慢慢熟悉了起來。只要他來店裡，我們經常聊到很晚，他總是我店裡最後一個離開的客人。那時我知道他的中文名字叫嚴長壽，雖是美國運通公司的職員，但是職位很低，只是扮演著傳達小弟的角色。

所謂傳達小弟，每天要做的工作就是在公司裡事先準備一些資料，等到大家來上班的時候把這些資料分發到每個人的桌上，然後做一些檔案方面的收發、拷貝等工作。到了晚上，公司還要賦予他另一項任務，如果來公司拜訪的客戶太多而沒有人手接待時，他就要在晚上帶著這些客戶外出消費，當作公司方面的招待。可見這並不是一個多麼高級的職位。

在與 Stanley 成為朋友以後，僅僅在我的店裡聊天已經不能滿足我們當初年輕而躁動的心，我當時已經因為歌唱而有了些名氣，跟台北幾家可以唱歌的地方比較熟，所以我就帶著嚴長壽去遍了當時台北可以喝酒唱歌的店。雖然現在的嚴長壽在生活習慣方面已經很自律了，但在年輕時候，我們也曾瘋狂地徹夜喝酒，他也會到我的演唱會上看我的演出。雖然是由客人變成朋友，但我和 Stanley 的友情卻不比我之前所認識的任何一個朋友差。

從七〇年代中期開始，我逐步轉向原住民的各種權利運動，奔波於需要為同胞吶喊發聲的地方。當時的台灣還沒有解嚴，我的行為顯然不會受到政府的歡迎，他們甚至把我拉進了黑名單，不再允許我唱歌，就連我身邊的朋友也會受到無關的牽連。一九八四年年底，我頂著壓力正式成立了台灣原住民權利促進會，在做這件事之前，我已經知道自己的處境將會如何，為了不給身邊的朋友帶來麻煩，我只好向朋友們一一告別，選擇不再聯絡。

時光飛逝，十幾年過去，雖然我為原住民同胞爭取到了他們應有的利益，自己卻不可避免地落得個遍體鱗傷的結果。那時台灣已經解嚴了，但我依然在經濟和身體方面沒能從過去的噩夢當中甦醒過來，這樣的狀況一直持續到了九〇年代末期。

一九九九年，台灣發生了「九二一」大地震，在地震之後，我組建了部落工作隊進入為那裡的同胞提供服務。那時我剛剛與我現在的太太姆娃相識，她提議我們到她的同學家去作客，正好緩解一下我精神的緊張與身體的疲勞。

在那位同學的家裡，我無意間發現了一本書，名字叫做《總裁獅子心》。只看書名就知道這是一本商業類的圖書，本來不是我所關注的領域，但這本書真正引起我注意的卻是它的作者——嚴長壽。這是我所認識的那個 Stanley 嗎？還只是作者與他重名而已？

我翻開那本《總裁獅子心》讀了起來，讓我感到驚喜的是，這本書的作者真的就是我認識的Stanley，沒想到十幾年過去，他已經做了亞都麗致大飯店的總裁。草草看過那本書，我才知道Stanley從一個美國運通公司傳達小弟一路走來的經過。

Stanley由美國運通公司在台灣的傳達小弟做起，由於工作兢兢業業，後來成為了公司的正式職員。公司對他很看重，不僅很快將他提升為美國運通在台灣地區的經理，接著又把他調去美國當了經理。當他再回到台灣時，公司就將他任命為了台灣地區的總經理。

後來Stanley的一個做建築的朋友周志榮蓋了一棟房子，並想把這座空房子改成飯店，就請來Stanley幫他設計並改裝。巧合的是，這位朋友竟然和美國運通公司的關係很好，並且是美國運通公司在台灣辦公室的房東，最終Stanley被周志榮說服，來到這座改裝好的飯店出任總經理的職務，這間飯店正是後來在台灣大名鼎鼎的亞都麗致大飯店。Stanley從一個公司傳達小弟做到一間大飯店的總裁，很多人都想瞭解這其中的傳奇故事，於是Stanley將他這一路的過程記錄下來，寫出了這本《總裁獅子心》。

真的是Stanley，真的是我的老朋友。我按捺不住激動的心情，拿著那本書對我太太的同學說：「麻煩借你家電話用一下，我想打給寫書的這個人。」

那位同學聽完直接笑了出來：「開什麼玩笑？你怎麼可能認識他啊？」

雖然同學這樣說，但我還是拿起電話打給了亞都麗致大飯店，並說請接總裁，不久我便聽到了電話中 Stanley 的聲音。

「Stanley！」

「Kimbo！」沒想到那麼久不見，他依然聽聲音就知道是我，「你躲到哪裡去了？朋友們都很擔心你。每次我聽到我一樓的 pasley 西餐廳有人在彈鋼琴就會想到你，你現在在哪裡？」我們以前是那麼的要好，現在心裡面依然會有彼此。

「我在南投山上的災區剛剛做完部落工作隊的事情，準備回去了。」

「你可不可以來台北？我們現在很多朋友經常聚在我樓下的 pasley，蔣動，林懷民，還有我太太育虹、羅門、羅門的太太蓉子這些人，我們聚在一起時都會講到你，都很想再聽到你唱歌。」雖然 Stanley 在商界做得很出色，同時也擔任著台灣觀光協會會長，但他一直非常喜歡藝文活動，平時與藝文界的朋友來往很多，他的太太陳育虹就是一位詩人。他要我一定去找他，至少也要請我吃頓飯，聊聊天。

當時我和太太姆娃還在台中，我跟她說要去台北找嚴長壽。她問我：「真的嗎？本來我是不相信你們認識的，既然你要去，能不能把書帶上請他簽個名？」我那時候的頭髮短短的像刺蝟一樣沒有整理，因為身上沒錢，只能穿著短褲和拖鞋去台北。在台北，從來不會有人穿著這樣的衣服進入亞都麗致大飯店，都要西裝革履才行。即使後來流行了便裝，也至少要穿著整齊才可以。沒辦法，當初我只能穿成那樣去見他。現在想起來，真是沒品，沒模沒樣。

當我到達亞都麗致大飯店的時候，Stanley 已經在門口等我了，見到我以後他上來就是熱情的擁抱。我對他說自己穿成這樣就不要進去了，但他偏要我進去，而且已經安排好飯了。那天他請了我們很多的老朋友過來和我見面，並把我們這些人安排在飯店裡的法國廳一起吃飯。吃飯的時候，他請我上台唱歌，林懷民等一些朋友都高興地坐在台下，那一瞬間，我好像一下子重新回到了自己二十幾歲的時候。

聚會以後，我向 Stanley 告辭。他說下下週要去日本，也邀請我一起去。但我心裡非常矛盾，沒有答應同行，最後他對我說：「Kimbo，我希望你能到我的飯店一樓繼續唱歌，如果你開心的話，一週來一次、兩次都可以，你就把這裡當作你的客廳，很多朋友都會來看望你。」聽到他這樣說，我的心裡有些動搖了。

雖然願意重新開始唱歌，但我在台北卻居無定所，是一個不折不扣的流浪者和一顆炸彈。剛好我有一位老朋友住在離亞都麗致大飯店不遠處的德惠街附近，雖然他的房子不大，但可以勻出一個小房間鋪上榻榻米讓我住上一段時間。我沒有像樣的衣服，僅有的三套衣服都是短褲和T恤的打扮，於是我又找到另一位我十五歲就喊他為大哥、對我厚恩有加的趙爾文先生，請他幫我到迪化街做了一套西裝，這樣我的心裡才踏實了一些。困難的時候總會有朋友幫助我，不得不說這是一種人生當中莫大的幸運。他是竹聯幫在永和竹林路創幫始祖之一，外號「小趙」或「趙霸子」，也是兩百多隊的「老馬籃球協會」的創辦人，也大力支持紅葉國小十多年，至今不變。趙爾文大哥教導我如何做人處事，扶助他人。也曾架著我，用車押我回台大上課，不忍見一名山地小孩不把大學當回事，嚴禁我脫班。中山北路、林森北路和許多夜遊之街，都先通令幫內所有兄弟嚴加壓隔我於是非之外，是位嚴肅又慈愛的大哥。

就這樣，我在 Stanley 的飯店重新開始了我的音樂之路，在經歷了十幾年的漂泊歲月之後，我的生活也即將重新開始。

在我到亞都麗致大飯店唱歌的期間，楊祖珺和蔡式淵送給我一台電鋼琴，有了這台電鋼琴，我就能更方便地整理自己的歌了。我把自己的這些歌彙集起來錄製了一百張唱片，準備送給身邊這些幫助過我的朋友們。但是這些朋友們在拿到這張我自己錄製的唱片之後，一個個都打來電話，他們建議我將這張唱片出版。Stanley 尤其告訴我，不可以這樣對待自己的作品，一定要我將自己的作品出版。最終我聽從了朋友們的建議，選擇將這張唱片正式出版。這張被我用來送給朋友們的唱片就是我在二〇〇五年出版的第一張專輯——《匆匆》。這時我已經五十五歲了。

在《匆匆》這張專輯出版的時候，朋友們為我安排在台北西門町紅樓召開記者會。開記者會的那天，我請嚴先生和王津平教授來做引言人，龍應台、楊祖珺、徐璐等這些朋友也來幫我站台。但他們在記者會開始前一直等沒有等到我，直到最後一刻我才出現在紅樓。而我一直期待能出現的趙大哥，在最後一分鐘到來，令我感動。又一次我卯足了勁唱了一場永難重現的歷史演唱會。是我的歷史，也是台下所有人的歷史，全都匯總於歌。

我太久沒有經歷過這樣的場合，邀請到會的記者、嘉賓的名單早已派發出去，台灣的綜藝台也來報導。記者會在下午召開，晚上接著就是我的演唱會，這一切都讓我感到壓力非常大。為了放空自己，我一大早就從台北步行到淡水，然後再走回來，這才讓自己稍稍放鬆了一些。

Stanley 在台灣是很有影響力的人，我的一些演出和推廣都在他細緻的安排下才得以進行。他讓我重新回到音樂的道路上，結束我放逐的生活。他想辦法讓更多的人認識我，這張《匆匆》也是在他的推動下才會有的專輯。在《匆匆》出版以後，《天下》、《遠見》等雜誌對我進行了系列採訪與大篇幅的報導，我知道，這背後其實也是 Stanley 的安排。在我開演唱會的時候，他還會邀請馬英九的夫人周美青到場觀看，甚至還會幫山上的原住民小孩子買票，讓他們來聽我唱歌，並且沒有一場漏掉的。

後來 Stanley 又安排我和林懷民、蔣勳、楊照、龍應台等一些朋友到台東去旅行幾天，我知道他希望我在路上能跟這些老朋友聊聊，跟他們有所合作。後來我也確實與林懷民的雲門舞集產生了交集，一起合作了十幾場演出。與雲門合作的十場演出場場爆滿，最後不得不在高雄和台東再加演兩場。

在那次旅行的最後一個晚上，我對這些朋友說感謝他們陪我回家，這一趟旅行留給我的感受特別深，而 Stanley 笑著對我說：「我要搬到台東住了，我在你的家鄉等你回來。」這可太讓我感到意外了，不知道該怎樣回答他。其實我也很想回到台東居住，不過那時我和太太姆娃都還沒有做好這樣的準備，反而 Stanley 在這不久之後真的住到了台東。

Stanley 搬到台東以後，他放棄了以前的商界活動，開始熱衷於各種公益事業。他做旅遊事業出身，因此更加瞭解大家來台東遊玩的心情，台東這個地方好山、好水、好無

2005 年《匆匆》專輯發行後於台北大安森林公園的戶外公演。（久原／攝影）

聊，人們來了看看山、看看海，晚上出去吃點東西，年輕人去上上網咖，睡一覺起來坐車就走了。Stanley 覺得這樣很可惜，台東吸引人的地方不僅僅在於風景，那些外來的遊客其實並沒有深度去瞭解台東這個地方，他們只是在海岸邊走馬看花而已。

「我們一定要有一個平台，台灣有十二個金曲獎都來自台東市附近的部落。台東有六個族群，有很多的藝術家，那些來自部落的手工藝品可以去展覽。Kimbo，你也是這邊的，阿妹也是這裡的人，紀曉君，陳建年，他們都是台東人，我們要想一個辦法讓台東的文化發展起來。」在 Stanley 和我說這些的時候，我相信他已經有了辦法。

Stanley 找到台東縣政府，要下了鐵花路旁廢棄火車站移掉之後舊址的地方，計畫在這邊打造一個大家可以駐足的地方。在那裡，人們可以聽到我們的歌聲，可以看到我們展覽的東西，知道我們這裡是有文化的。台東將來不再只是一個簡單吸引來吃個宵夜、玩玩網咖的年輕人的地方，他們可以聽聽這裡的歌聲，帶一些這邊的文化回去，可以把台東認識得更深一點。

與 Stanley 確認了這樣的想法之後，我和幾位朋友就開始寫起案子來，既然想發展台東的旅遊，必須做出一些光點才好。我們把自己的方案拿去「觀光局」進行評比，最終獲得了他們的認可。這個被 Stanley 一手改造出來的地方，就是後來的鐵花村。「鐵花」

這兩個字，取自胡適爸爸的名字，胡鐵花。

鄭捷任曾經幫我製作了唱片，他是一位在音樂方面非常專業的朋友。他和南王的歌手比較熟識，因此我推薦了他來負責鐵花村音樂方面的工作。如今的鐵花村已經變成了台東的地標，所有去台東旅遊的人都想去那裡看一看。雖然這是一個公益的項目，但不管是默默無聞的部落歌手，還是最有名的當紅藝人，都會來到這個地方把歌聲獻給大家。

在鐵花村專案做好以後，Stanley 想把這個地方繼續用一些文化活動帶動起來。他看到池上附近有大片很好的稻田，於是找到附近的農民，想辦法讓大家在種稻米的時候盡量不噴農藥，把大米的品質做好。而等到那裡秋收的時候，再邀請雲門舞集或是阿妹等人來這裡進行演出，讓這些活動帶動這裡成為另一個文化觀光點。現在伯朗大道附近的秋收已經變成了一個定期常態的活動，那裡的人們把自己的農業與文化結合了起來，做出了不一樣的光點。

除了擅長的旅遊專案以外，Stanley 也在台灣做了兩個學校的董事長，其中一間就是在台東，另一所在宜蘭，開始關注起教育事業。我比他晚兩三年回到台東，和太太一起經營了餐廳，而我店裡最大的客戶就是 Stanley 和他的朋友，以及學校的老師們。雖然在台東生意很難做，但是他們一直都在支持我。

台灣現在的教育改革方向有點偏頗，大家都在追求去讀大學，連高考只有七分的學生都可以讀大學，但是沒有人會選擇去讀那種學習職業技術的學校。Stanley 看到很多學生在大學畢業以後雖然坐在辦公室，卻拿著很低的薪水，或者只能到外面打打工，他認為這樣的職業發展對這些學生來說其實是沒有意義的。於是他開始想辦法讓學生的家長意識到這個問題的存在，也鼓勵學生們回歸到專業技術的學習中去，以便讓台灣的一些技術不至於出現斷層。

Stanley 對待這個問題很有見解，並且大力推動這件事情的發展，我從報紙上看到過有關他的許多大篇幅報導，都是有關他對教育的理解。有人曾經傳出過他會做教育部長的消息，但 Stanley 其實沒有那樣的想法與興趣，他僅僅想做一些事情來改變台灣年輕人的現狀。

Stanley 在商界做得非常出色，但始終喜歡參與藝文活動。有一次他叫我去看一場戲，和他看過之後，我被那場戲徹底感動了。Stanley 住在台東的時候，發現那裡的小孩子英文普遍不好。於是他從美國請來一位名叫 Howard 的中國籍老師在台東教授英文，而 Howard 的教學方式也很特別，他在美國長大，比較懂得如何帶年輕人唱音樂劇，所以就以這樣的方式將音樂與英文一起教授給台東的孩子們。

那些孩子講的英文原本沒有辦法和其他人對話，拿出英文成績單來也都不是很好看，Stanley 請 Howard 用音樂的方式去引導他們，慢慢讓他們唱《悲慘世界》這部音樂劇。這部音樂劇十分冗長，而且很不好演，很多人看到這些孩子練習的時候都會充滿質疑，覺得這是不可能做好的事情。但是這些孩子最終把這部戲演到了全台灣，也到台北來演了。

我和 Stanley 在台東看這些孩子表演的時候，發現他們不僅唱得好，而且每一個英文的咬字和發音都很準。在他看來，只要這些孩子能夠演好這部音樂劇，他們後面的學弟學妹也一定慢慢會對英文和音樂產生興趣，也會對這部音樂劇的文學內容有所瞭解，這些都會讓孩子們的氣質變得不一樣起來。後來事證為據，句句應驗於此村之中。

Stanley 從商多年，所以經常會從產業的角度來幫助其他人發展自己的文化與經濟。在人們捕捉飛魚的地方，海裡通常會放置浮標，他們把廢棄損壞的浮標綁上鼓皮做成鼓，又集合起很多輟學的小孩子，教他們打鼓，並把這樣的經驗傳授給學校，最終成為台東一帶非常有名的寶抱鼓（Paw Paw）。而打擊樂大師朱宗慶的入門弟子何鴻棋正是這些孩子們的老師。由於這些成功白守蓮的孩子有了名氣，當地的飛魚乾也被寶抱鼓帶動得發展了起來。他放下商人的身分來到台東，融入到原住民的部落當中，以非常細微的方式說明他們發展自己，直到今天，他一直都在支持著我們。

如今在台東，我最親密的朋友就是 Stanley。我們從年輕的時候相識，在隨後幾十年當中，人生的起起落落使我們的命運一次又一次地碰撞。年輕的時候，我是個有名氣的歌手，他是旅行社的小弟，我們兩個小鬼每天頑皮地鬧在一起。時過境遷，當我到了人生最為落魄的時候，如果不是 Stanley 幫助我復出，我甚至無法想像自己未來的道路。我在他的說明下重新走上了音樂之路，而他卻在人生最為輝煌的時候選擇放棄一切，來到我的家鄉發展公益，以另一種形式支援著我們。

就算命運無常，但什麼叫做朋友，我想 Stanley 從這裡就可以定義。What a friend for? 啊！Stanley! My best friend!

家

一九九九年的「九二一」大地震之後，我組織部落工作隊到災區工作了一段時間。第二年春天，我離開了工作隊，來到台中一位朋友的家裡。為了讓我緩解之前工作的辛苦，能夠放鬆下來，那位朋友帶我去一個叫做 piano music house 的酒吧喝酒。那時我的經濟狀況依舊不好，只好穿著短褲和拖鞋去了酒吧。

那個朋友是我們以前原權會的一個會員，那天他也請了其他幾位朋友一起到酒吧來玩。酒吧裡彈琴唱歌的人都認識我，便說請我也來唱兩首歌。我上去彈唱了兩首歌以後下來繼續喝酒，這時候朋友向我介紹他叫來的那些朋友，其中有一位名叫田瑪麗的朋友和我一樣是原住民。

在台中的那幾天，我都住在這個朋友家裡。這期間田瑪麗有時也會過來造訪，在酒吧的時候我並沒有和她說很多話，只是簡單打打招呼而已。後來再見面時，我才知道她是布農族人，家在信義鄉，讀書時候學的是美容、化妝，所以現在也一直在做這方面的工作。

田瑪麗很漂亮，有著一雙大眼睛，我的朋友有時乾脆就把「大眼睛」當作她的綽號。我跟朋友借了一個小小的電子琴來彈，她看到琴，對我說：「我聽說你會寫歌，會唱歌，在酒吧的時候也聽到你彈唱，但我也不認識你是誰。」我就把自己的幾個作品唱給她和其他朋友聽，而她似懂非懂，沒有什麼特別的反應。後來我知道她六年前就離婚了，這六年當中，她一直在外面工作供養著小孩子，但始終沒有辦法跟小孩子在一起。我覺得她過得很辛苦。

那一次我在台中住了大概一個月的時間，台中也有都市裡面為原住民服務的地方，那時候他們剛好邀請我去為他們做一些法律方面的輔導工作，所以我就在台中待得久一點。一個月以後，我來到苗栗山上的一個朋友家裡，準備在那邊短暫地休息幾天。然而在苗栗的時候，我作了一個非常奇怪的夢。

有一次我睡在朋友的工寮裡面，那個工寮很舒服，有一扇紗門，涼風偶爾會從門外吹進來。在我睡下沒多久，如夢如真地看到一個人「嘎」地一聲把門拉開，然後「砰」地關上，他走到我附近的牆壁，在那裡看著我。夢裡的那個人很瘦，甚至是扁扁的，好像身體上只剩了一層皮。

我問他：「你是誰？」

他開口喊我：「哥哥。」

叫我哥哥的人太多了，根本不知道他是誰。於是我對他說：「你走開，你再不走我就打你了，打得你痛死。」接著衝他重重地咳了一聲。

「你不要打我啊，我走，我走。」他轉身在牆壁上寫了一個號碼3219之後，那扇門「砰」地一聲被關上了。

我從夢裡醒了來，心裡想著是怎麼回事，越想越覺得悶。我曾經有過類似的經驗，我三姊夫臨走的時候，我在台北就夢到過他來到我的床邊。他是一位老師，蓄著大鬍子，少了一顆牙齒，在夢裡衝我嘿嘿地笑著。那次我剛剛醒來，電話就響了，三姊哭著告訴我姊夫走了，我說他剛剛來看過我。

想起上一次很巫的經歷，我心裡覺得非常不安，心裡在盤算著家裡有哪些比較親近的人會叫我哥哥。我有沒想出什麼，到了晚上也難以入眠，心想著乾脆回家去算了，一定是家裡出事了。

我回到太平部落，先去三姊家，但她家大門緊鎖，一家四口都不在。我馬上又轉到下檳榔我的阿姨家去，阿姨已經九十多歲了，我到她家的時候，她正在院子裡面吃飯。

我的兩個表弟見到我後招呼我坐下，我問他們家裡有沒有發生什麼事，他們都說沒什麼，家裡很好。但是阿姨突然抬起頭問我：「你弟弟昨天出殯你有沒有去啊？」

「哪一個弟弟啊？」

「就是你叔叔的孩子啊。」

阿姨說的叔叔就是我爸爸的弟弟，他家裡有一個兒子叫「Shibo」，三個女兒，難道是他的兒子過世了嗎？我飯也不吃了，叫表弟趕快載我去南王，從下檳榔到那裡也不過十分鐘的車程。到了叔叔家，我看到他家房子外面搭起了大棚子，就知道堂弟一定是因為意外去世的。

卑南族一直都有這樣的習慣，如果有人因為意外去世，就要把家門關起來，全家人不可以待在屋子裡面。屍體更是不可以進來，只能放在殯儀館。雖然家裡人沒有披麻，但是家裡的女性都要戴上像花環一樣的綠葉子。辦理喪事以後，家裡的人們還要繼續守夜，一直守到當年年底，在年祭的時候除喪以後才可以搬回去住。除喪以後，意味著家裡人可以對這件事釋懷了，那時才可以去參加別人的喜慶宴會或其他社交活動，而在這之前，人們都要生活在搭起來的棚子裡。

我向堂妹打聽堂弟去世的原因，她告訴我堂弟是在綠色隧道那邊被車子撞到了田裡。

我說堂弟好像有來看過我，便給堂妹講起了自己作過的那個夢。我們卑南族講這個是不會感到驚訝的，因為我們相信逝者託夢來找人的事情，老人和女性也普遍知道這種事情。

但我仍然感到奇怪的是，堂弟明明很壯，為什麼在我的夢裡卻是扁扁的，好像一副骨架上面掛著一張皮。而堂妹告訴我，堂弟生前做過遠洋漁人，出洋時候也曾寫過遺書，說不管什麼時候，如果他死了以後身上的器官還堪用的話，就要把那些器官都捐出去。所以家人在看過他遺書以後，按照他的遺言，找了一個機構把器官捐了出去。由此想來，出現在我夢裡的，根本就是一個沒有了內臟的弟弟。啊呀！Shibo！

叔叔家房子外面的牆壁貼著米黃色的馬賽克磚片，我們就在那牆外的棚子裡面吃飯睡覺。我在家裡只剩了這一位叔叔，而他唯一的兒子又這麼早離他而去，叔叔幾乎傷心欲絕，不吃也不喝，只是偶爾打一個瞌睡而已，兩三天下來，叔叔已經體力不支了，讓人感到非常心疼。我忽然想到堂弟在夢裡還寫下過一串數字，便又去問堂妹。她非常驚訝我怎麼會知道 No. 3219 這串數字，我告訴她是堂弟在夢裡給我寫下的。

堂弟的遺體在火化以後，他的骨灰會被安放在靈骨塔，堂妹在那裡辦好手續，爬上梯子把堂弟的骨灰鎖起來，而存放骨灰位置的號碼正是我夢裡出現的那一串數字，那幾個數字只有堂妹知道。

幾天以後，叔叔的身體好一些了，我陪著叔叔喝了很多酒。喝到醉醺醺以後，我看到叔叔家房子外牆的磚片上浮現出一個個祖先的模樣來，每一片磚上都會出現一個人的照片，整個家譜都出現在上面。我的祖父、祖母，爸爸、叔叔、姑姑，還有他們各自的小孩，那些人的照片都清楚地被我看到。

慢慢地，我在那面牆壁上看到了大哥、二姊、小妹，也看到了自己。我心裡想，再往下是不是就會看到自己身邊的事情，果然，我的前任太太也出現在上面，但在那之後，還出現了一個我從沒見過的人。那夜夢裡頭都像是成群來點化我似地，在我頭上按上了不同於凡人的天話！哈！

那個人是一位女孩子，頭髮長長的，有一點捲，還有一點黃色。她的眼睛很大，鼻子長得就像西方人一樣。難道我會遇到這樣一個女孩子嗎？

忙完堂弟的喪事，我又回到台中和幾位朋友聚在了一起。有一次我見到田瑪麗時問她是不是晚上要去學校補修學分，白天還要上班。她確認了我的說法之後，拿出她在嘉義讀書時候的照片給我看，當我看到她讀書時候的照片時，瞬間驚呆了。我連忙大聲說：

「哇塞，我在家裡的牆壁上看過你！」

「什麼牆壁上看過我？」她顯然不知道我在說什麼，於是我把之前的事情向她講述了一遍，沒想到她的回答卻是：「你求婚也不是這樣求的啊。」

她以為我在騙她，而這樣的回答也讓我感到有些尷尬，不過這並不妨礙我和她繼續交往。她有時會叫我和她的表妹、妹夫一起去唱卡拉ＯＫ，也有時拉著我到她的同學家去作客。正是在她同學的家裡，我看到了嚴長壽的那本《總裁獅子心》，從此再度和嚴長壽有了聯繫。在我動身去台北找嚴長壽之前，我對田瑪麗說：「我在牆壁上看到的人就是你，當你再看到我的時候，你就要叫我老公了。」

見到嚴長壽以後，我就住在亞都麗致大飯店附近朋友的家裡，那時候我沒有大哥大，只能借朋友的來用。一個月之後，我接到了電話，是田瑪麗打來的，沒想到她真的會在電話裡叫我老公。

我在電話裡跟她講：「我已經見到嚴先生了，我也想不要再這麼流浪下去了，找個地方工作下去。」

「我失業了，上班的公司倒閉了。」

「沒關係，那就再找好了。」

「可是我很想你啊。」

我和她講過自己在台北時候的一切生活，但都只是講了大概，沒有講得很深。我也曾和她吹過牛，說自己有很多朋友在台北，要找工作也沒有問題。聽到她說想我，我一句話也沒有多講，就讓她到台北來，我可以幫她找工作。就這樣，沒過多久，她就拎了兩個包包來到了台北。從那開始，我對她的稱呼也由田瑪麗變成了她的原住民名字——姆娃，姓達馬比厤。

我在台北住的地方樓下有一個小小的涼亭式的小廟，我住在四樓，但那一個樓層的電鈴是壞的。姆娃坐了火車來，晚上到台北，來到我住的地方，按鈴沒卻人回應。她在樓下叫過我幾聲，但同樣沒有人回應她。在確認地址沒有錯以後，她只能在下面繼續等我，看我會不會出門來。那時我已經在樓上睡覺了，根本不知道下面有人等我，結果她只好在涼亭那邊的廟裡睡了一晚。

第二天一早我起床以後，鄰居來找我，告訴我樓下好像有個人在找我。我馬上跑到樓下去看，她在那裡提著兩個包包，一副疲勞的樣子讓我心裡好疼，我趕快就把她帶上四樓，到我的那個房間去休息一下。

看到我的房間，她卻對我說：「你說台北你很罩得住，怎麼會睡榻榻米？」我只好說自己還沒有工作，暫時住在朋友這裡。其實我當時身上只有七十塊錢，再加上朋友給我買的一條菸，這些就是我的全部家當了。

在姆娃第一天來到台北的那個早上，我說要帶她在台北到處走走。但她卻說不要走了，走去哪裡都要花錢的。我說：「沒有關係，我不是跟你講以前我在中山堂那邊有帶賽德克族的人來唱歌嗎？在中山堂那裡紀念莫那．魯道。以前我們唱民歌的時候也在中山堂這邊發布，我帶你去看看中山堂在哪裡。」

我和她坐公車來到中山堂，向她介紹著附近的一切，但其實這一路上我都在想這邊逛完了要去哪裡，終於我想到了一個可以消磨時間的好辦法，便對她說：「我要跟你介紹我以前讀書的地方。」

那時候台灣的中部沒有捷運，所以姆娃也從沒有坐過。我一摸口袋，還剩六十九塊錢，剛好夠買兩張到淡水的車票。我一路給她介紹著北投，士林等地方，到了淡水那邊，我又開始向她介紹紅樹林，直到捷運終站，我告訴她自己以前讀書的學校就在這樣的環境裡。

下了捷運，不用出站就能走到淡水河邊，我向她介紹觀音山，講述著小時候在這裡讀書玩耍的樣子，而我的母校淡江中學遠遠地就在對面的山崗上面。講完以後，姆娃讓我帶她到淡江中學去看看，但我想了想說：「有點晚了，肚子也餓了，我們回去吃飯吧。」

「好吧，聽你的。」

我們又坐著捷運回來，因為淡水是終站，如果不出捷運站的話，就不必再買票，還可以坐回去。我當時已經連買返程車票的錢都沒有了，只能選擇這樣的辦法。回來的路上，我在想不是說請她吃飯嗎，這下子可慘了。回到中山堂以後，我慢慢走到紀念碑這邊，還在給她介紹著曾經紀念莫那．魯道的事情，這時候我看到紀念碑後面的一條小巷子裡掛著一塊牌匾，上面寫著上海隆記菜飯。

以前我和萬沙浪他們混在西門町的時候，因為在大街上和美國人打架出了名，員警沒有抓到我，各個幫派的大哥都想辦法找到我，想要和我做兄弟。那時只要我們在西門町，就幾乎都要來隆記菜飯，而且當初我一個民歌手去那裡吃飯也算很捧場的。因為在這一帶很熟，所以有些小弟去吃飯的時候就會直接說一句：「掛我老大的帳。」

那一次我心想如果那家店老闆娘不在的話，她女兒應該也會認得我，於是就帶著姆娃往那個方向走過去。走到隆記菜飯的門口，我看到老闆娘剛好在裡面，於是就招呼姆娃進了店。隆記菜飯的老闆娘果然還認識我，跟我客套了一番，我和姆娃在店裡坐了下來。剛剛坐下，我又回到櫃檯去，小聲跟老闆娘說：「掛帳。」而老闆娘也心領神會地衝我點點頭。

這下子我就安心了，不然我只能喝杯茶就走。隆記菜飯的東西很好吃，但那天我根本吃不下去，只是喝了一點點酒。在半路上，姆娃看到我很久沒有抽菸了，就買了一包菸塞給我。餐廳裡面不能抽菸，趁吃完飯的時候躲到門外的榕樹底下連著抽了兩根菸，心想著自己竟然淪落到這種地步，連一個管自己叫老公的女孩子都照顧不了，心裡很不是滋味。

抽完菸以後，我回到餐廳，假裝招呼老闆娘過來結帳，可老闆娘衝著姆娃對我說：「她已經付過了。」

「怎麼回事？」

「這位小姐執意要付錢，我拗不過她，錢都被她丟到櫃檯裡面了。」

我不知道該說些什麼，呆呆地看著姆娃，在心裡默默對她說：「抱歉，目前的我只能這個樣子了。」

沒過多久，我幫她找到了工作，我的一位朋友和一個做芳療的女老闆認識，就託他到那邊去問問缺不缺人手，最後安排姆娃做了芳療師，在有名的亞力山大健身院，雖然幾年以後也倒掉了，但在當時卻還是排名第一的選擇。

姆娃工作起來很認真，每天穿著白色的芳療師制服，黑褲子，白鞋子，而我依然處於無業狀態。那時我們沒有錢搭計程車，所以我就每天陪她到樓下去坐公車，盡量去買一些便宜的菜回來，在家煮好飯菜，等她下班以後再到公車站去接她，和她一起吃晚飯。

有一次，有人請我去外面唱一首歌，可以給我三千塊錢的報酬。那天姆娃也去了，那是她第一次看我拿到鈔票。我們回到家裡，我就問她說：「明天是你的生日，最喜歡吃什麼？」她回答說喜歡吃蝦子。第二天她下班回來，我在家裡點好蠟燭，桌上擺著滿滿一大盤蝦，昨天賺到的三千塊錢被我全買了蝦子給她，一毛錢都沒有留。我覺得如果買花或是其他東西，蝦子一定會買得很少，既然她喜歡吃蝦子，還不如全都買來給她吃。所以那天晚上我們什麼都沒有，只有一根蠟燭和一大盤蝦子，那是我給她過的第一個生日（在地板上一塊榻榻米上過的）。

之前和姆娃去中山堂還有在淡水的捷運上我還在想，該怎麼回答嚴長壽邀請我去唱歌這件事，而就在那一天晚上，我下定決心，準備去他那裡工作。我抱著她告訴她：「明天我就會找到工作，請你放心，以後每天都有三千塊的蝦子可以吃。」

第二天，我去趙大哥爾文先生為我安排的迪化街名店「金羊毛」定做了兩套西裝，穿著西裝打著領帶去找嚴長壽，現在想想，那個樣子實在太糗了。我在嚴長壽那裡根本不像去上班，反而很像在開演唱會。我一去他飯店的一樓，嚴長壽就跟大家說：「我最好的朋友胡德夫已經到我們店裡來，很久沒有聽到他的聲音了，大家歡迎他，我們請他唱兩首歌。」接下來大家就會立刻鼓掌歡迎我上去唱歌。

以前我在外面駐唱的時候比較拘束，每次至少彈唱夠一小時才能下來，而且中間不能有冷場的狀況出現，而在嚴長壽這裡，我卻感到很自在。他叫上老朋友過來看我，真的把自己飯店的一樓當作客廳來用。雖然在那裡唱歌的感受很好，但第一天唱完，我還是躲到廁所裡大哭了一場。

嚴長壽在確定我會來這裡唱歌以後，一週只給我安排了三個小時的工作，卻給我很優厚的收入，有出國的機會時也會叫上我一起去。當我第一個月拿到薪水的時候，我把這一個月的薪水和一個月裡兩次出國的費用都交給了姆娃。後來我也帶姆娃去看過嚴長壽，她也會坐在那邊聽我唱歌。她還是半信半疑地坐想我在十九歲就有了這樣的老朋友！

過了一段時間，姆娃便常常問我：「你怎麼會賺這麼多錢？」

我說：「都是朋友幫忙吧，但我自己也很認真在唱。」

「以前你在台中講這些事情的時候我不太相信。」

「那你為什麼會喜歡上我呢？」

姆娃開玩笑地對我說：「我第一次聽你彈鋼琴的時候還不認識你，也沒有跟你講話。我覺得你氣質那麼好，也是原住民，又會彈琴唱歌，大家還會起來管你叫老師，我以為你是那種很有錢的人（原住民日語稱 Kani-Muchi-San），故意穿得破破爛爛的。可是後來我才知道，原來你那時候一毛錢都沒有。」

有了一點錢以後，我們想換個地方住了，畢竟寄人籬下的感覺很不好，而且吃住都是只能在榻榻米上面，很不方便。但寄住的主人並非「他人」，他是趙大哥旗下大將，有「雙槍雷」之稱的雷堂主。真謝謝他，沒有那一段時間的慷慨讓房長住，我肯定會去萬華和遊兄弟們擠。所以我們跟朋友道謝，又找了個地方住了下來。我們租了一間姆娃客人吳美麗小姐的房子，位置距離亞都麗致大飯店更近一些。那間房子在二樓，兩房一廳，有兩個衛浴。

在我們搬進去以後，我把楊祖珺這些朋友介紹給她認識，楊祖珺為了鼓勵我繼續寫歌，和考試院委員老友蔡式淵先生合送了我一台電鋼琴，於是我又能在家裡彈琴了。聽得久了，姆娃也開始對我的歌有了一些理解，她對我說：「你唱的這些歌我以前根本聽不懂，也不知道你唱的都是些什麼，但我現在卻很喜歡。」

「那你喜歡什麼樣的歌呢？」我反問她。

「我喜歡的你也不會彈啊。」姆娃有些小看我。

「你講一個嘛。」

「〈月亮代表我的心〉。」

「我剛好會彈這首歌，我可以幫你伴奏，你來唱唱看。」

她一開口，我才發現她的聲音好聽得不得了。從那以後，我每次彈琴時都會讓她唱歌給我聽，所以直到現在我都對一些流行歌比較熟悉。她的聲音明明那麼好，以前都不肯唱歌，而是一直聽我在唱，我告訴她以後有機會一定要她和我一起在台上唱歌。

每次我這樣說，她都很害羞，但是我後來在舞台上的時候都會把她拉上來，包括一些很重要的場合也都會對大家講：「有一個重要的女人在你們當中，我要請她上來，這是我最可愛的女人，我要和她一起唱一支歌。」

後來我還和姆娃一起搞起了創作，我唱過的〈Standing on my land〉原本是我作的英文歌詞，但我和姆娃一起研究，最後由她和我寫出了布農族語的詩，被我用作了新的歌詞版本之一（收錄在《無界》專輯）。

搬到新家以後，姆娃其實依然有些憂慮，她每天都會因為想念孩子而哭泣，尤其當我們喝一點酒的時候，她就會更加悲憤，哀傷地哭出來。我詳細問了孩子的狀況，她說有一個小孩子在讀小學四年級，另一個讀小學六年級，她以前在台中部落的時候還可以常常去看到他們，但是孩子的爸爸很凶，不願意讓她進門接觸孩子們。

我瞭解到這樣的狀況，就對她說：「這樣吧，我們去跟他的家裡人談，家裡還有其他人嗎？」姆娃說家裡還有孩子的姑姑和嬸嬸，她們都是做老師的，還有以前的公公和婆婆。她說她以前的老公家庭暴力很嚴重，經常折磨她和小孩子，所以才會離婚。我堅持要去談，孩子很重要，如果留在那邊繼續遭受家暴，我們也不會放心。

在小孩子六年級畢業的時候，我們一起去了她以前老公的家裡談這件事，其實他們家的人還蠻明理，我向他們介紹自己以後，沒想到家裡做老師的姑姑和嬸嬸都認識我，她們知道我長期在做原住民權利運動，所以也很相信我。最終由她們出面說服了家裡其他人，這個孩子就跟我們一起到台北來了。

但是山上的孩子突然來到都市，一開始很難適應，有的學校要坐捷運，有的學校還要住宿，所以在那一個月裡我們為孩子更換了淡江、南港、新興、恆毅四所學校，最後轉到我們附近的一個國中讀書，也把戶口搬了過來。這個孩子安頓好以後，我們把他的妹妹也接來台北繼續讀國小。我們為了孩子又換了更大的房子，想讓每個孩子都能夠有自己的房間。從那以後，我們一家四口就生活在了一起。

在生活安定下來以後，我又回到了過去在都市的生活狀態，我的朋友多，經常會和朋友聚在一起。另外我還有個壞習慣，一出門經常會失蹤，在外面過夜也不會跟家裡人講一聲，過了一天以後，又因為惰性而不願再講這件事。我喜歡去北投泡溫泉，也喜歡在那邊走走路，順便想一想歌，或是寫一寫。姆娃很不習慣我這樣突然地離開家，每次再見到我的時候，我已經離家兩天了，這樣的壞習慣我持續了很久，姆娃為此也常常哭泣。像她這樣一個單純的女孩子，如果一直留在台中的山上，也許就不會有這些生活的困擾吧，她的很多眼淚大概都是被我逼出來的。然而每次在與姆娃發生爭執的時候，我總會想起岳母，然後向姆娃道歉，希望得到她的原諒。

我原本打算一直在嚴長壽那裡工作下去，但二〇〇五年的時候，我發表了《匆匆》那張專輯，從此以後人就變得忙碌了起來。到了第二年，我計畫和姆娃結婚，於是和姆娃去向她家裡求婚。姆娃家裡有三個哥哥，她的大姊在基隆，二姊在南投。我到她家去的時候，其實很難開口求婚，也很擔心她的家人會怎樣看待我，因為當時我的頭髮比她媽媽都要白了。我後來才知道，那一次姆娃的哥哥還以為我是她的上司，以為她是帶著老闆出來走走的。

我不會布農族話，而姆娃的媽媽不會講國語，所以我只能用日語和她媽媽講話。我向她介紹自己，說：「我叫胡德夫，我爸爸是卑南族，媽媽是排灣族，我們都是原住民。我和姆娃認識不久，但我很喜歡她，我現在單身，很想娶她。」

妻子姆娃和岳母。
（胡德夫／提供）

2006 年和姆娃結婚。（胡德夫／提供）

姆娃的媽媽很認真地聽我說話，並問我是不是知道她還有兩個孩子。我告訴她知道這些事情，她又問起我們結婚以後想去哪裡，我說我們兩個會一直在台北打拚。

和姆娃的媽媽交談了十分鐘以後，她打開自己的衣櫃，從裡面取出一匹像窗簾一般長但細緻美麗的純手工布農族傳統麻織禮服，還有兩件布農族男人穿的禮服，並對我說：「我知道有一天一定會有個男人來娶我的女兒。」她當場把那些東西拿給我，「這是我花了七年時間手工做的，用的是我們自己種的麻。我的女兒曾經被人很不好地對待，但我的女兒還很年輕，很漂亮，一定有人會來娶她。原來她在等的人是你，這件衣服應當是你的。」她說，「我這匹布也等了你七年，才到了你的身上。」

我被感動得落下眼淚，趕快謝謝她的媽媽答應我們的婚事，但姆娃卻在一旁偷偷地說了一句：「我還沒有答應呢。」

那兩件禮服從此成了我的寶貝，就連二〇〇九年台北舉辦聽障奧運會時，我都要穿著布農族的禮服去把主題曲〈Power in me〉唱給全世界聽。

我們的婚禮在台北的喜來登飯店舉行，請了很多朋友來作客。我想到姆娃曾經的痛苦，心想著娶了她以後，她一定會更加安定與幸福，不會再有淚水。婚禮辦完了以後，我們又回到了姆娃的家裡，她的親戚都很喜歡我，對我非常好。但讓我依然有些不習慣的是，她家所有人裡面，只有我一個人是白頭髮。

姆娃有一個堂哥是部落裡面有著「最勇敢的獵人」之稱的「manan」（勇者之意），他能上山下水，打獵的時候尤其強悍。布農族管自己民族英雄式的人物叫做 manan，她的堂哥給我起了這樣的名字作為我布農族的名字，所以我布農族的名字從此叫做 Manan Damabima，我太太叫做 Muwa Damabima，而外面的漢民族朋友依然叫她田瑪麗。

後來我告訴姆娃我們以前做過「還我姓氏」的運動，現在有一些人都已經改回了原住民的姓氏，姆娃瞭解以後就說她也要馬上去改，她贊同這樣的事情，她覺得這是理所應當的。她是個有十足布農原慧精神的女性。

Damabima 家族是布農族五大家族裡面的一家，如今我成了這個家族的女婿，算是半個布農族人。在我們結婚的時候，我常常開玩笑說要把結婚發的帖子取名為「和平之宴」，一方面是因為要請來我在大陸和台灣兩邊的朋友，另一方面也和布農族與卑南族的歷史淵源有關。

從清朝開始，卑南族與布農族經常發生征戰，雙方的殺戮時有發生。人們不斷割下敵人的頭顱掛在樹上，或放在石頭上，這種殘酷的殺戮使雙方的人口損失巨大，這樣的狀況持續了一百年之久。終於有一天，兩個族群的末代總頭目覺醒起來，思考著到底為什麼還要持續這樣子的殺戮。在一次雙方對峙的時候，兩邊的頭目上前講話，最終成功化解了民族之間的戰爭。兩位頭目交換了寶刀與雲豹獸皮，人們停止了殺戮，大家永世結交為兄弟姊妹。

如今我娶了姆娃，也算是卑南族與布農族之間和平的延續，他們那邊的孩子遇到什麼事情，我們這邊做叔叔的人都要過去幫忙，到了喜慶節日的時候，我們也會互相走訪。但我回到卑南族的時候，卻一定要對族裡的人開玩笑說：「最後是我把她收服了。」

我們生活在台北的時候，我的太太姆娃慢慢認識了很多我以前的老朋友，不管是曾經很鼓勵我的、支持我的，還是跟我很對立的人，我都會介紹他們給姆娃認識。但時間久了，姆娃還是覺得台北有些複雜，而那時候我剛好也有了回台東生活的打算。終於，我們在二〇一二年回到我已經離開了五十四年的故鄉，而我的朋友嚴長壽比我更早搬去了台東，已經在那裡等我了。

剛搬回台東時，我們租了一個兩層樓的房子，但我在那裡住不習慣，所以姆娃經常會出門去看一看有沒有更合適的地方。有一天，姆娃在一片稻田附近看到了一塊地，覺得那裡非常適合居住下來，就回到家告訴我，我們商量著把它買下來，但這買地的過程中也遇到了小小的波折。

這塊地上原本有一間屬於兄弟兩人的房子，這兄弟兩人的後代都住在台北，這間房子也空了二十年沒有人住，我們打算連同旁邊的空地一起重新蓋房子。當時這間房子已經拍賣過了二手，但我不認識這家人，只好請仲介幫我查一下，並幫我拍一些空照圖。沒過多久，仲介就找到了這家人，但他不僅沒有告訴我，反而偷偷把這間房子賣給了其他人。我知道這件事的時候，買家已經付了斡旋金，按照一般的法律，只要沒有違約，這個交易是不能收回的。

我太太聽說這塊地方已經被賣掉了，忍不住大哭起來，她說這裡有稻米、香蕉、玉蘭花，這就應該是我們的家。看到太太哭泣，我也沒有辦法，只想在這件事上給她一個交代，畢竟是仲介公司的人違約失信在先。

我輾轉拿到那塊地主人的電話與他聯繫，在電話裡我解釋了整件事情的過程，並怒斥著仲介公司的不道德，那家人聽後說要與我見面談這件事。他很快開車到了我家裡，並對我承諾會把收到的斡旋金退回去，重新把這塊地一毛不漲賣給我。

如今我們在這塊地上蓋起了房子，房子的周圍遍布著美麗的稻田，不遠處也有香蕉和玉蘭花，這樣的環境就和我在歌中唱到的一模一樣。我們在院子裡養了許多隻狗和貓，姆娃見不得牠們在外面受傷，所以在外面見到受傷的貓狗，經常會把牠們帶回家。漂泊

現在台東家中門口的稻田。（郭樹楷／攝影）

了半輩子，我終於回家了，這才是家應該有的樣子。

我從小就是個會給別人添麻煩的人，生活上也有很多壞習慣，出門不愛和家人打招呼，黑夜白天生活顛倒。我的太太姆娃讓我改變了很多，現在我的親戚見到她甚至比我還要尊敬她。我非常感謝我的太太，有了她，這個家才是完整的。

二〇一九年我年屆人生再開始的七十歲，十一月一日，我將落成一個可以獻給家人、族人和姆娃的田邊之家，把它在姆娃生日那天獻給她和子女們，並對孩孫們說：這是我這支家族的起點，也是我們的家堡！

輯二

那些我唱過的歌

匆匆

在我剛剛開始創作歌曲的時候，有一些歌的作曲非常幼稚，但也充滿了純淨，我最早創作的那首〈牛背上的小孩〉就明顯帶著這樣的痕跡。那時我還沒有創作的基礎，也根本不識譜，所有的歌都是在腦海中醞釀，在生活中喃喃地形成旋律，再把它記錄下來，譜寫成歌。我的另一首歌〈匆匆〉也是這樣的作品。

一九七三年十二月底，由於很多大型的鐵板燒餐廳從日本來到台灣開店，在這樣的競爭之下，我便和朋友把之前一起開的那家鐵板燒餐廳收了起來。我店裡的師傅紛紛投奔了那些來自日本的大店，而我又另開了一家名叫「山水」的小酒館。這期間我的一位老朋友陳君天找到我，要我為他寫的一首歌譜曲，這首歌就是〈匆匆〉。

陳君天是一位詩人，很年輕的時候就白了頭髮，後來乾脆給自己起了個筆名——白頭翁。他是台灣電視公司的節目部經理，拍了很多記錄兩岸歷史的紀錄片。在我們都還年輕的時代，台灣只有三個電視台，即中視、台視、華視。每年春節，這三個電視台都會輪流負責製作一場新春晚會，然後由這三家電視台聯合播放。這樣的新春晚會每年都有一首主題歌，陳君天寫的〈匆匆〉正是準備作為那一年的新春晚會主題歌來使用。他寫好兩段歌詞及副歌拿給我，要我三天以後譜好曲交給他。但我之前的歌都是在心裡悶了好久才寫出來的，三天的時間根本不夠用，這樣緊迫的時間只好讓我不眠不休地躲在店裡來寫了。

三天以後我把寫好的歌交給他，並問他為什麼要寫這樣一首歌當新春晚會的主題曲。他告訴我以往每年晚會的主題曲都在唱「恭喜恭喜恭喜你」，既沒有意義也很無聊，而且用閩南語念「恭喜你」這樣的發音，意思就是「打死你」。他想在那一年改一改，今年不要「打死你」這樣無聊的歌，於是寫了〈匆匆〉這首歌，想一改新春晚會的主題歌風格。

我答應為陳君天寫這首歌，實在是因為自己對它的喜愛，尤其歌裡面中間的那句「種樹為後人乘涼」，讓我深有感觸。我們常常在書本上被這樣子教導，但是台灣的森林卻一直在沉淪。那些森林是我們的土地，在以前我們看護的時候，森林是那樣地茂盛，沒有人會隨意去砍伐大樹。後來我們把森林交給了林務局去看管，森林卻不見了，林務局簡直變成了砍伐局。那山谷裡美麗的小溪流一夜之間洪水暴漲，沖掉了很多村莊，幾天以後那地方乾涸下來，大地慢慢從綠色變成了咖啡色。與金錢、利益比起來，誰會在乎那些自己都未必有機會見到的後人？

〈匆匆〉是一首講述時間的歌，用中國人的概念來說，時間就像一個單向的箭頭，一直在向前走。假如我們不去把握時間，就會被它拋得遠遠的，而它卻照樣在行進，不會為我們稍作停留。在這樣的感傷之下，〈匆匆〉這首歌激勵著人們要珍惜光陰，與時間同行。

幾乎同一時間，我聽到了美國歌手 Jim Corce 在美國唱的〈Time in a bottle〉，他覺得時間可以暫時被鎖在瓶子裡面，因為有一些諾言還沒有履行，有一些夢想還沒有到達，當有一天把瓶蓋打開，也許才是那些東西到來的時候。同樣是講時間的歌，它和〈匆匆〉的邏輯卻不一樣，對比起來，這種東西方思維的差異是蠻有意思的事情。在我後來的演唱會上，我把這兩首同一時代產生的歌都唱出來，我想告訴大家，對於時間，我們其實有更大的空間去想像。

國外有很多歌手都唱過與時間概念有關的歌曲，比如 Bob Dylan 就在〈Blowing in the wind〉中寫過這樣的歌詞：

How many seas must a white dove sail
Before she sleeps in the sand
How many times must the cannon balls fly
Before they're forever banned
……
How many years can some people exist
Before they're allowed to be free
How many times can a man turn his head
And pretend that he just doesn't see
……
How many ears must one man have
Before he can hear people cry
How many deaths will it take
Till he knows that too many people have died

當時的台灣，西洋歌盛行，很多年輕人都在唱 Bob Dylan 的歌，但誰都沒有把他的歌想得那麼深刻。還好我學過英文，我能瞭解這歌裡面的意思，所以碰到〈匆匆〉這樣的歌，我很高興能夠為它譜曲，而不是一直在寫關於愛情的歌。那時台灣有很多人在寫情歌，包括民歌裡面也有很多風花雪月的作品，而我寫的歌當中，最早的創作卻是〈牛背上的小孩〉、〈大武山美麗的媽媽〉和〈匆匆〉這樣的作品，即使我在後來寫的歌，大家聽起來也會覺得比較沉重，但這都是時代的戳印。

我有很多朋友都會寫出內容深刻的作品，包括現在的〈撕裂〉，還有〈美麗島〉這樣頌讚著大地與人民的歌曲，我覺得這才是美國民歌手 Woody Guthrie 講的，我們不能只寫一些好聽的東西出來，而要唱出心中所想，怎樣寫那些悲傷歲月裡面的故事，怎樣寫對明天的期待，怎樣寫自己看到的、聽到的東西，這也是我寫歌的一種態度。我讀到〈匆匆〉的文字就覺得它與我對音樂的理念很相符，能將它譜成歌是一件值得高興的事情。

〈匆匆〉寫好以後，新春晚會的當天，陳君天居然讓我與主持人白嘉莉同台，並由白嘉莉介紹我，然後她站在我旁邊看我彈唱這首歌。白嘉莉是那個年代紅遍全台灣的金牌主持人，誰能和她站在一起就意味著那個人馬上要出名了，可我那時候所彈的鋼琴就像剛學會一樣，技法很粗糙，也沒有什麼指法可言，而那天的攝影師偏偏一直拍我的手，其實我那彈琴的指法全是錯的，這讓我感到非常尷尬。不過其實直到今天，我同首歌從沒彈一樣過。現在回想起來，我覺得那是一個很好的開始，可以調整自己的腳步，讓我從〈匆匆〉這首歌開始踏上音樂的旅程。那天晚上全台灣的人都在看這場晚會，對我來說，它就像一道曙光照耀進我的生命裡來。

如今這首歌已經成為了我最重要的一首歌，在許多的演唱會上，我都會以它作為開場的曲目。因為我知道舞台下會有一些老朋友在聽我唱歌，我與他們不一定能夠經常見面，歲月匆匆，冬去春來，年復一年，我希望通過這首歌向那些久違的朋友道以問候，表示一下我對他們的惦念。

〈牛背上的小孩〉是我童年時光的寫照，而隨著時間的流逝，〈匆匆〉這首歌讓我越唱感觸越深。太平洋像巨大的水庫懸在山谷的隘口處，大武山藏在雲間，天上的老鷹陪伴著我，美麗的歌聲在山谷中迴盪。歌是我們生活中不可缺少的一部分，每天都會有歌聲飄在山谷裡，如果到了部落裡有人訂婚、結婚的喜事，或者是每個月農曆十五月圓的日子，村莊就會點燃盛大的營火，年輕人圍在一起歡聚，部落的老人們在後面吃肉、喝酒，看那些年輕人用身體的語言相互連結，聽他們唱起那遠古的歌。雖然在我還是小孩子的時候並沒有歌可以唱，但我聽到的部落裡飄來的歌聲就是山谷裡最美麗的聲音。

如今許多的長輩、朋友凋零了，我也慢慢變成了白頭髮、白眉毛的老人，每一次唱起〈匆匆〉都彷彿是穿越了時光在和曾經的自己對話。人生啊，就像一條路，一會兒西一會兒東，匆匆，匆匆。

最最遙遠的路

一九六八年，我在台灣大學讀一年級。在那之前的一年，我前一屆的學長為了聚集在大學裡面讀書的原住民學生，聯合新竹以北的各大專院校裡面將近兩百位同學，組成了一個名為旅北山地大專學生聯誼會的組織。這是一個跨校的社團，僅限原住民學生參加，有些類似於知識分子的同鄉會。我在大一時候加入這個聯誼會，經過一次改選以後，我做了這個聯誼會的第二任會長。那時候學校裡類似登山社、辯論社等這樣的社團很多，全部隸屬於救國團的輔導之下。

我們的聯誼會每年會有一到兩次比較大型的聚會，一方面是為了會長的改選，另外也有議題需要大家在一起討論。在我做會長的時候，大家的討論經常會脫離救國團的輔導，不受他們的約束。救國團組織的活動常與我們格格不入，不是帶著我們爬山就是走路，我們覺得這樣很無聊，於是開始制訂屬於自己的活動形式與會議綱要，也想把自己的文化結合在裡面。

我算是接觸其他原住民族同學比較多的，在淡江中學讀書的那六年裡，每年都會有三十個左右原住民學生入校讀書。在我到台北以前，根本不知道卑南、排灣以外民族的故事，最多也只從書裡看到一些。而在淡江中學裡，我常與這些各族的朋友聚在一起交流，與他們互相學習各自的語言與文化。正是有了這樣的經驗，在我做會長的時候，才會想將這樣的文化交流帶到我們的聯誼會去。

我們聚會的時候很熱鬧，一兩百位各族的同學都來參加，每個人都會拿出自己民族特有的文化來向大家展示，有人射箭，有人烤肉，大家也會比賽唱歌，沒有人想做第二名，自然就會把很多精彩的東西展示出來。大家最後會像豐年祭那樣手牽著手跳舞，我覺得這是最動人的事情，卑南族的同學會教大家跳他們的戰鬥舞，生活在蘭嶼的達悟族同學教大家跳勇士舞，很多的民族元素融入進來，這是真正屬於我們自己的活動，我們以這樣的方式瞭解自己的民族，瞭解自己兄弟的民族文化。這些同學在豐年祭的時候也會互相邀請大家去交流各自民族最傳統的文化，大家緊密在一起，正視我們在台灣所遇到的共同的問題。

在那個時代，我們其實蠻懵懂的，討論的問題也很膚淺，常常在想我們自己到底是誰？為什麼人家會說我們像菲律賓人，像馬來西亞人？我們要不要去和他們交流？這些問題現在想來幼稚得很，我們還不懂得對有關原住民的行政事務去做進一步的瞭解與分析，不過我們想知道自己的族群到底在台灣要被如何定位。

後來我們與中央研究院的研究所、台大人類學的教授常會有接觸，希望通過他們去瞭解更多當局對台灣原住民的各項行政措施，瞭解我們自己的音樂、語言和文字。我們去詢問這些教授、老師，當我們通過越來越多的資料與資料瞭解到農業、經濟、工作機會、教育的普及狀態時，自然會有自己的看法，大家也會發起討論。各民族同學的意見都很重要，但這卻會惹來麻煩，救國團的教官常常來找我們，問我們為什麼要離開他們的活動，這時候我們必須要向他們做很多說明，這是每一屆會長都會遇到的困擾。

在這一時期，台灣開始了十大建設與經濟發展，原住民的經濟模式也開始被套入台灣整體的經濟模式裡面，很多東西發生了很大的變化。許多一輩子也沒有想過要離開山谷或海邊的原住民開始不斷到家鄉以外的地方去謀生，但因為缺乏工作機遇，卻又急於獲得現金收入，他們很快被套入了台灣社會勞工的最底層，也由此延伸出很多雛妓、童工的社會問題，不斷浮到檯面上來。

從一九六八到一九七八這十年間，聯誼會的學生們思想還比較封閉，不過問學校課堂以外的事，哪怕是自己族務，但也逐漸從單純的同鄉聚會開始轉變來想怎樣去幫助自己的同胞。這十年間，很多同學跟隨著老師去做社會、經濟、文學等方面的田野調查，這些田野調查會在大學教授和中央研究院民族所那裡形成一系列的資料，最終在八〇年代初期變成台灣行政評估報告書。許多學者在裡面第一次做了有關原住民問題的學術發表與建議，這些資料是政府無法摧毀的。從那時起，我們開始發起了原住民運動，想要為社會做出一些工作來。

一九八三年的時候，我在黨外編輯作家聯誼會負責少數民族的工作，那段時間我常常回去參加學弟他們每年的聯誼會。當時台灣大學有一個叫做《高山青》的刊物，它由在那裡讀書的原住民青年所創辦，討論的是台灣原住民的處境和其他的社會問題，這是一本從「學者良心」對政府以數據及田野之證，批判政府政策於原住民這一塊是忽略的、輕慢的，是失敗的，並且一一例證的一本當代原住民學子必讀之「聖經」。而我們在黨外編輯作家聯誼會也有同樣問題的討論，中央研究院也正在做四十年來當局對山地行政問題的一些評估報告和研究，這三種力量結合起來就變成以後我們進行社會運動的基礎力量。

當時黨外作家編輯聯誼會逐漸成為了台灣社會運動的底盤，但在發展之後也有了一些分裂。其實大家的政治觀念本不一樣，為了台灣的社會運動而聚合在一起，等到發展壯大了些，便開始出現許多意見分歧的地方，也出現了內部的鬥爭，甚至排擠我們。後來我索性離開了那樣的是非之地，自己另外去做了台灣原住民權利促進會，繼續為台灣的原住民做一些社會工作。

一九八三年，旅北山地大專學生聯誼會在改選會長的時候再次召開了一個年會，我去參加他們年會的時候，寫下了這首〈最最遙遠的路〉送給他們。雖然現在台灣看起來很小，但在以前交通不方便的時候，那些原住民學生從山谷與海邊來到都市求學，已經算是一種很遠的北漂了。在當時，就像我在歌裡面所唱到的，我看到同胞離開他們的故鄉來到了都市討生活，他們在都市的邊緣上，正在適應一個新的生活狀態，在這種狀況下，那些正在讀書的年輕人開始擔憂部落裡面慢慢解構的情形，也包括部落的經濟與建設。雖然大家都在讀書，但是始終想回到部落去奉獻自己的一些力量，然而這是無從又無奈的事情。大多數人還是選擇了留在都市裡面找工作，結

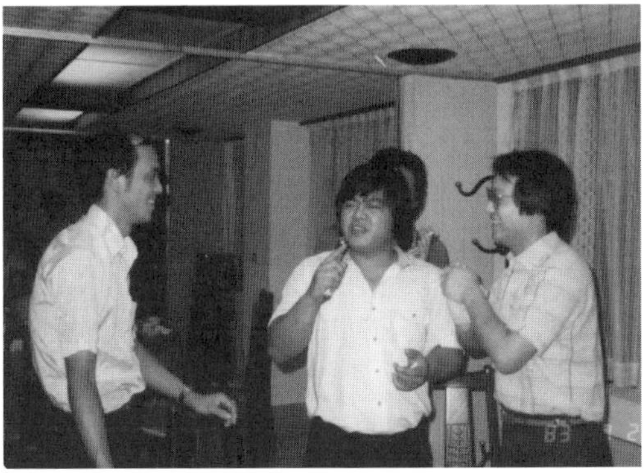

1983 年黨外編聯會時期。（胡德夫／提供）

婚生子，一直沒能回去，最終變成一個遺憾。

我在這些年輕人身上寄予了很多的希望，所以我在讀泰戈爾《漂鳥集》的時候便有了這樣的感受。我和這些學弟一樣來自中央山脈，來自太平洋邊，我們遍叩遠方的門來裝備自己，在都市裡面求得發展，求得學問，也求得一份記憶。在我們讀書的時候，有一個遠大的志向就是自己有一天能夠回到部落工作，能夠為部落貢獻自己的一份力量，因此我寫了一首歌與泰戈爾對照：「這是最最遙遠的路程，來到最接近你的地方。這是最最複雜的訓練，引向曲調絕對的單純。你我需遍叩每扇遠方的門，才能找到自己的門，自己的人。」我想藉此告訴學弟們，我曾經也是從他們這樣的地方出發，我期許他們能夠找到屬於自己的那扇門，也找到自己的人，因為那些原住民同胞早已散落各地了。同時我也希望他們能夠找到可以生活下去的一條路，要常常思考，自己來到這麼遠的地方，裝備自己，是一個怎樣的意義。

「這是最最遙遠的路程，來到以前出發的地方，這是最後一個上坡，引向家園絕對的美麗。你我需穿透每場虛幻的夢，最後走進自己的田，自己的門。這是最最遙遠的路程，來到最最思念的地方。」這種寫照對我們這些北漂的孩子來說特別有感受，我算是比較早地來到北部讀書的孩子，而且我不是直接來讀大學，而是從初中就來了，那種離鄉背井，茫然無助的感受是非常痛苦的。我們原住民學生在教育資源方面跟都市相比有很大的落差，因此許多師長、朋友對我們加倍地關懷。而在當時，這些年輕人對自己民族與社會的關懷情緒比二十幾年前的我還要急切，所以他們冒著學業上很大的風險為自己的同胞在學校裡面發展地下刊物，只是想要更多的人知道，在這片土地上，我們原住民到底發生了什麼問題。

我寫這首〈最最遙遠的路〉來鼓勵他們，其實也是寫給自己和一些朋友們，我們走過這個上坡，未來一定會變得更好。我從十九歲開始駐唱，到我三十三歲的時候，台灣社會剛好到了一個可以做些事情的時候，我也覺得是時候為自己的身分做點事情了。

很多朋友在那個時候認定我是民歌的逃兵，認為我沒有再唱歌了。其實他們並沒有瞭解我的歌是什麼，我在參加社會運動的同時一直不斷地在寫歌，包括〈為什麼〉、〈最最遙遠的路〉，我覺得這樣的歌對我來說才是真正的民歌，而別人卻不知道我轉到這樣的民歌陣地去了。雖然那陣地沒有舞台、燈光，而且很累人。

這件事情在當時引起了很大的論戰，在大家的印象裡，民歌一直都是小情小愛的東西，但我和楊祖珺的民歌卻是直接走到各地唱給人們聽的。那時我們兩人被禁唱，兩人的聲音不准在電視媒體或公開場合播放，我們就把鋼琴架在小卡車上面唱，穿弄大街小巷，分享我們的歌，我們發現大地之大，絕對有容許我們盡情歌唱的園地和養分。

我們對社會運動也算有一些文化上的貢獻，大家聚在一起談政治與文化，談論著到底要唱怎樣的歌，要寫怎樣的文章，於是這個討論的過程慢慢變成了各種政論雜誌的搖籃，許多雜誌今天被禁了，明天改一個名字重新出來，大家都會買來看。以前有關原住民的事情不可能傳達到別人的耳朵和眼睛裡，不過雖然報紙和電視都不會講，但會以這些雜誌為出口而出現在裡面。

我們談了很多蘭嶼的核能廢料問題，遠洋漁民的問題，土地與林務局的問題，教育的問題。日本人編造出來吳鳳的故事被放在教科書上，讓漢族朋友與我們的孩子之間的矛盾通過教育一直在加深，這是我們要推翻的事情。我們必須要讓社會知道我們在想什麼，在我們覺醒的時候也要找到一個方式可以讓大家覺醒過來。

其實我們最早建立旅北山地學生聯誼會的初衷是想找到那些在學校裡讀書而又聯絡不到的原住民學生，但他們不願意參加我們的聯誼會，我們搞不懂，他們明明就是原住民，為什麼不願意承認自己的身分？後來在陸續和這些同學接觸聊天才發現，原來大家都因為自己的原住民身分而感到自卑。在那個時代，原住民被人們冠以輕蔑的稱呼，說我們是從南洋來的，很多孩子甚至連自己的語言都不敢說。

在經歷過原住民運動之後，我們的聯誼會一直延續至今，現在每所大學都有了自己的「原音社」，表達原住民自己的聲音。很多的事情我們已經不再默默承受，我們會站起來告訴其他人對與錯。在我們參與這些活動的時候，我們的歌就已經存在於那裡了。如今這些社團每年還都要請我去和他們聚一聚，而他們現在的聚會也都採自己的方式舉辦了，或在山上，或在海邊。他們依舊關心像美麗灣事件這樣屬於自己的議題，大家仍然在爬坡，卻也希望這攀爬的是最後一個上坡。

現在有越來越多的原住民孩子在大學畢業後選擇參加行政考試，直接回到家鄉去服務，他們與已經回去的藝術家、工藝家結合起來，與其在外面過流浪的生活，不如大家都回到故鄉去，一面照顧土地，一面做與文化相結合的工作，最後也會產生出地方上許多小小的聯誼會。

很慶幸我們的聯誼會凝聚關懷了那麼多的原住民同學，我們把他們拉回來，用我們的作為來證明談論自己原住民的身分是一件多麼值得光榮的事情。

大武山美麗的媽媽

在我寫完〈牛背上的小孩〉之後的第二年，李雙澤幫我在國際學舍（現大安森林公園）舉辦了我人生中的第一場演唱會。國際學舍原本是一個舉辦國際籃球比賽的地方，但也能舉辦演出，在當時算是台北最大的演出場地了。面對這樣的演出場地，我懷疑自己怎麼可能到這種地方去演出？而李雙澤卻很有信心，他催促我多演練將表演的曲目，準備已經寫好的歌和自己民族的歌，再加上我們的朋友寫的歌，還有一些我們本來就在唱的英文歌，用這些歌曲把演唱會撐到一個從未有過如此意義深大，而且內容寬宏的音樂舞台表演。

演出前，李雙澤籌到錢把國際學舍租了下來，又找到我們認識的一位彈貝斯的朋友「阿仁」徐瑞仁，借用他爸爸的印刷廠印了許多海報，印好以後我們跟著李雙澤到處貼，就這樣硬是把演唱會辦起來了。

演唱會的當天台下坐滿了人，我之前在哥倫比亞咖啡館認識的羅門、張杰、席德進這些藝術大師全都到了現場，他們坐在第一排非常高興地手舞足蹈起來。那次的演唱會帶給年輕的我巨大的震撼，原來演唱會是這樣子，那是我這一輩子第一次看到的演唱會，而這演唱會居然是自己在上面在唱歌，真讓人感到不可思議。

演唱會完以後，我受到很大鼓舞，接著就寫了〈大武山美麗的媽媽〉，只不過這首歌在我最初寫的時候還叫做〈大武山〉。我從小生活在山谷，到了都市以後，常想想念起家鄉，也想念自己曾經放牛的那個山谷，所以才會寫這首歌來紀念像母親一樣的大武山。

大武山是排灣族所認為的聖山，我們的很多詩歌與傳說都與它有關。我們稱呼大武山為天空，因為它的山頂常年被雲霧籠罩，輕易看不見。傳說我們的祖先從大武山上的石縫中誕生，並在山上繁衍子孫，他們的後代從山上下來到了花蓮與屏東，寓意著從太陽東升到西沉的地方遍布著大武山的子民。

〈大武山〉那首歌的韻律是我媽媽那輩人生活在日據時代的時候，用來描述山上生活的一個原住民音樂曲調，他們那輩人都唱這樣的歌。因為我在都市裡面很想念媽媽，就把我寫的歌詞用在改編過的曲調上，這就是這首歌最早的樣子。對我來說，大武山就是最美麗的媽媽，山谷裡的聲音永遠是那麼地美麗。

山谷之間遠處的山頭為大武山。（郭樹楷／攝影）

在我寫完這首歌以後，一九八〇年，吳楚楚帶著潘越雲找到我，推薦她來唱這首〈大武山〉。我在哥倫比亞咖啡館駐唱的時候，吳楚楚也算那裡的常客，他常和我的一位卑南族大哥馬來盛（人稱「馬頭目」）到這裡來。台灣那時候沒有什麼可以唱歌的舞台，而哥倫比亞咖啡館是為數不多的可以唱歌的地方。那裡有大扇的落地窗，外面是很漂亮的公園，它不像國賓飯店那樣的咖啡館不讓客人坐很久，而是不清場，客人在裡面坐上一整天也沒關係，所以胡茵夢、張艾嘉、洪小喬這些台灣藝文界的朋友在當時都會聚集在那裡。我在那裡駐唱的時候，唱的都是電台裡播放的英文流行歌，而下面很多人都是拎著吉他來聽，我在休息的時候就把舞台開放給大家上去唱，慢慢這裡也變成了大家結交朋友的地方。

吳楚楚是吉他好手，曾上台表演過他的吉他，也唱過一些英文歌，我和他就是在那個時候的哥倫比亞咖啡館認識的。只不過當他帶著潘越雲來找我的時候，由於台灣與哥倫比亞「斷交」的關係，原本隸屬於「哥倫比亞大使館」的咖啡館已經變成了一個專供人們唱歌的地方。

我當時並不認識潘越雲，第一眼看到她的時候，我還以為她也是原住民，因為她的樣子真的和原住民很像。不過後來我聽她的家人講，他們的確是被漢化了的台灣西部原住民的後代。現在的淡水、北投、基隆那裡有很多姓潘的人家，和從大陸來台灣卻同為潘姓的外省人不同，台灣本省人中姓潘的人，以前大多是台灣西部靠近水域附近的原住民，清朝時候被賜姓潘的，也就是「水番」的意思。

潘越雲選擇唱〈大武山〉這首歌讓我感到很意外，但另一方面，當時的台灣也的確沒有那麼多歌可以唱，就連楊弦大部分的歌在當時也都還沒有被創作出來。〈大武山〉這首歌後來被潘越雲收錄在她一九八一年的《再見離別》專輯中，同樣在那一年，我把這首歌創作得完整，並最終改名為〈大武山美麗的媽媽〉。這一方面是因為我覺得大武山就是我們美麗的媽媽，另一方面我也聯想到很多台灣那個年代關於「雛妓」的社會問題，想到那些遭受苦難的女孩子，因此又在歌詞裡加入了關懷的內容，其實這首歌也為我後來參加原住民運動埋下了一顆種子。

那個時代的台灣社會，經常有人把十二三歲的女孩子拐騙到城市裡面去做雛妓，她們大多是原住民的孩子，就那樣在暗無天日的角落裡遭受折磨。在當時台灣的原住民部落裡，原始自給自足的經濟模式已經被打破，完全被套入了台灣整體的經濟模式當中。人們無法留在部落裡工作、生活，他們為了滿足家計的需要，只能選擇外出工作。在那個時代裡，勞動是被社會所需要的資源，大人出去做粗重的工作，一些小孩子也會在小學畢業後被送到外面的工廠裡做了童工。現在法律不允許這樣的事情出現，但過去是沒有人管的。這些十二三歲的孩子被送到台灣西部的工廠裡，男孩子被留在工廠裡做很不好的工作，有一些女孩子就被拐騙去做了雛妓。

我高中的時候有個同學，他家住在北投去往淡水的鐵道邊上，在那些鐵道沿線看似荒涼的地方有一些破木棚搭建的房子，這裡便是這些女孩子遭受折磨的地方。高二的時候我同學帶我去過一次那裡，走到那些破木棚的外面就能聽到那些小女孩掙扎、哀嚎的聲音。同學說他每次經過這裡都是這樣，這次特地帶我來看，他說我們的社會現在變成這個樣子，專門蹂躪這樣的小女孩。那時候還沒有「雛妓」這個概念，但是這種事情慢慢地越來越多，我們才發現像萬華、華西街這樣所有的黑暗角落，都有這些小妹妹被賣到妓院裡去。她們被賣到有牌照的妓院裡，但更多的是被賣到後面那些沒有牌照的妓院裡面做了私娼，而她們的家人根本不知道她們身在何處。

在瞭解到這樣的情況以後，我們的一些朋友假裝成尋歡的恩客，花錢進去打探那些小女孩的情況，偷偷問她們如果有人來救她們，能不能跑出去，但她們都是拒絕的，因為一旦逃跑不成，她們會更慘。那段時間裡，那些假裝的恩客在裡面做調查，我們在外面想救人的辦法。

卑南族有一個由古代沿襲下來叫做palakuwan（少年會所）的組織，參加這個組織的都是十幾歲的小孩子，他們在那裡練膽子，學征戰，我們最終帶了幾個卑南族曾參加過少年會所的年輕人衝到華西街，帶著短刀殺進去救人，對方當然也會拿武士刀反抗。我們能帶走的小女孩終歸是有限的，其他的還在裡面繼續遭受著折磨。

好在後來常常有刑警偵破這樣的事情，他們把那些孩子帶走，建立了一個叫做廣慈博愛院的地方，讓那些孩子可以在裡面學習一技之長。我在那個時候認識了楊祖珺，李雙澤是大她兩三年的學長，李雙澤走的時候，我們唱〈美麗島〉、〈少年中國〉來紀念他。

楊祖珺常常去廣慈博愛院看望這些女孩子，而我常常帶著人衝到黑店裡去救她們出來。後來我們成立了台灣原住民權利促進會，把解決雛妓和海外被扣漁民的事情當主要的工作。那時候的社會運動已經開始興起，楊祖珺主要參與了關懷婦女部分的運動，她在榮星花園為廣慈博愛院舉辦募款演唱會的時候還邀請我去參加。後來我們一起參加了黨外編輯作家聯誼會，其中的婦女委員會做了彩虹計畫，通過這樣的計畫教授給孩子們技藝的訓練，找來醫生維護她們的身體，讓她們能夠就業、結婚。

那時候我們對這個病態的社會現象開始有了嚴厲的抵抗，我們不是黑道上的人，卻想要以暴制暴地解救那些小孩子出來，莫那能的妹妹就是這樣被我們救出來的。

莫那能是一位原住民詩人，他以前做童工出身，是在卡車上捆東西的捆工，由於營養不良而導致視覺慢慢變差，最後眼睛不幸地失明了。後來王津平教授介紹陳映真做了莫那能的老師，陳映真常讀詩歌給他聽，而莫那能講起話來也很有詩意。

有一次，王津平教授帶他來和我認識，那時候他的眼睛已經失明，我很驚訝地發現他是排灣族人，而且他的爸爸和我媽媽認識。王津平教授告訴我莫那能有個妹妹被拐到了台灣的黑市，於是我馬上讓朋友去打聽，在得到他妹妹的下落後，我找到之前和我一起到華西街救人的朋友，讓他們到台南去，盡量把莫那能的妹妹安全帶出來。這些年輕人到台南的黑市經過

2011 年淡江大學李雙澤紀念碑前。（胡德夫／提供）

一番格鬥，把他的妹妹帶回了台北，送到我在花園新城的家裡。

如果是員警偵破了這樣的事情，通常要把莫那能的妹妹送到廣慈博愛院去，但是被送到那裡的女孩子當中，還會有一部分人再次被輾轉拐到黑市。我們把他的妹妹保護在家裡，找來醫生給她檢查身體，詢問她下一步的打算，想幫她找一份事情來做。

最終莫那能的妹妹去了台中的一家鞋廠工作，鞋廠裡很多工人都是從台灣東部來的排灣族年輕人，和大家工作在一起，能夠有人照應，也不會再發生被拐騙的事情了。從那以後，他的妹妹再沒有提起過被拐到台南的那段經歷，那真的太痛苦了。

後來我聽說她和鞋廠裡面一個排灣族的領班結婚了，而且生了孩子。這時我才真正感覺到，她終於回來做大武山美麗的媽媽了，我的歌到這裡也才真正地完整起來。

為什麼

一九八三年，我在黨外編輯作家聯誼會的時候，整個編聯會裡面只有我自己是原住民，而其下屬的少數民族委員會裡面也只有我自己在工作，那時候我簡直是校長兼敲鐘，也就是兼打雜的。所以當我想瞭解同胞的事情，或者他們有事情發生的時候，也就只有我一個人在奔波忙碌。

兩個月以後，一位曾就讀於世界新聞專科學校的學生童春慶，在他當兵退伍回來的那天打電話給我，問我能不能到我這邊來工作。我當然願意，總算有第二個人來工作了。在他讀書的時候，我便與他有過交往，他知道我在黨外編輯作家聯誼會為自己的同胞發出一點聲音，因此想與我一起做這些事情。後來他改名為丹耐夫．景諾，一度做過原住民電視台的副台長。

在他來了以後，我負責跟聯誼會這邊其他委員會的聯繫，也負責聯誼會所組織的各種大型活動，原住民的這部分工作則交給他去規畫。而在這之外，我們面臨的另一個事情就是找到第三個加入我們的人。台北縣是原住民居住人數最多的地方，在我們去造訪那裡的時候，阿美族或其他比較熱心的人都會幫我們做計畫，帶著我們尋找我們所需要的人。直到遇見一位由台東的朋友介紹過來的年輕人David（黃文忠），這才算是找到了第三個願意與我們一起工作的夥伴。

他常常帶我們去阿美族朋友不同的工作場所和他們居住的地方，比如新莊附近的磚窯，遠洋出海的八尺門，猴硐的建基煤礦和海山煤礦，還有翡翠水庫，在這些地方工作的人們大多都是原住民。我們最初的工作就在這些地方開展起來，正因為看到了這樣的工地與工人，我們才對原住民的社會問題有了具體的瞭解。

我們在社會運動所中常會提到勞工問題，而勞工問題當中的原住民勞工問題是大家比較不瞭解的。於是我們提出了一些看法，尋找了一些調查資料，也請「中央研究院」給我們一些對勞工問題田野調查的資料，慢慢也就對這些問題有了初步的瞭解。而我的那位朋友黃文忠，他雖然不是礦工，但他就居住在海山煤礦附近的永寧巷。他的老家在台東，自然與那些原住民礦工比較熟悉。他常常帶我到永寧巷，在我們工作完了以後，會到他的家裡聚聚，那些在理髮店、煤礦工作的朋友與我們坐在一起，大家就像一家人一樣。但誰也沒想到的是，因為一件事情的發生，他們當中的一些人從此與我們陰陽兩隔。而他們在工地的居住條件，收入水準以及被社會所對待的狀況等問題，也全部浮到了檯面上來。

一九八四夏天，海山煤礦爆炸了，罹難的同胞幾乎都是原住民，而且幾乎都是阿美族。爆炸以後，那些礦工的家屬憂心紛紛，不知道礦井裡面的情況如何。住在永寧巷的黃文忠第一時間打電話給我，我馬上跑到他那邊去等消息。我們聯繫了台大社會系教授張小春，此前他一直在關懷原住民勞工及一般勞工等社會問題，那天他帶著自己社會系的學生也趕到了現場。由於我們沒有專業裝備，不能到達事故煤礦的最裡面，只能在裡面差不多五六十公尺的地方等遇難同胞的屍體上來。一具一具焦黑的屍體被運上來，瓦斯氣充滿了他們的身體，肚子漲得非常厲害。我們把那些遇難同胞的屍體運送上來，家屬哭成一團。

我們分成了兩個工作組，一組留在那邊等屍體，我跟黃文忠這一組趕快護送屍體到殯儀館進行整理。殯儀館裡的屍體非常多，大概八、九十具的樣子，這些罹難同胞的屍體被帶到殯儀館清洗的時候居然被人直接用水去沖，跟我們洗車沒什麼兩樣，我終於忍不住怒火與殯儀館的館長吵了起來。怎麼可以這樣對待他們？難道就因為他們是原住民的勞工？我不是第一次來殯儀館，我從沒有看過殯儀館是這樣清洗屍體的。我要求他們不要這樣來清洗遇難同胞的屍體，我要他們尊重這些遇難的同胞。

那一天的工作讓大家感到非常辛苦，到了夜晚，我們拖著疲憊的身子各自回家。回家以後，我的前妻，當時我的太太煮了飯給我吃，我打開電視機，裡面全是這件事情的報導，不斷播放著還有多少遇難同胞的屍體沒有找到，殯儀館對屍體進行整理這樣的消息。這時候白天那些遇難同胞家屬哭泣的畫面又在我的腦中浮現出來，我沒有辦法安心吃飯，便讓太太拿答錄機過來，想錄下這首在心中醞釀已久的歌。那個時候我一直在搞原住民的社會運動，想唱些什麼其實心裡面早就有譜了，在這樣悲痛的衝擊下，之前的一些感覺立刻匯聚起來，充滿在我的腦子裡面，我知道我在這第一時間即興地能夠唱出那種感覺。

我太太是學音樂的，她是位很有名的大提琴手。她把錄音機打開，放在床沿上，我並沒有寫下歌詞，而是直接唱出了這首〈為什麼〉。

阿美族人在海邊唱歌的時候，最高的音調都是他們在唱，而在社會的最底層，最深的地下卻是他們在挖礦，最遠的遠洋也是他們在出海。想到我們共同的命運，我不禁想問一句為什麼，為什麼那麼多的人，其實也包括了我，離開碧綠的田園，飄蕩在都市的邊緣。為什麼那麼多的人爬在最高的鷹架，打造出都市的金碧輝煌。他們所打造的大型建築物或是大型橋樑，每次落成的時候都要燃放煙火來慶祝，但那煙火掉下來的地方卻是這些同胞所居住的角落裡的工地廠房。繁榮啊，那個時候台灣真的很繁榮，我們那個時候的年輕人一個月賺上兩三萬塊新台幣是很容易的事，現在卻倒退了。但繁榮啊繁榮，你為什麼遺忘了燦爛的煙火點點落成了角落裡的我們。

這些原住民同胞對台灣發展所做出的貢獻被大家漠視，大家覺得原住民勞工是無足輕重的，「莫蝦米」（台語），其實在社會的各個方面，包括能源、海資源、森林資源甚至十大建設，他們的功勞是非常大的。

我在家裡這樣唱出來，唱完以後我發現太太在哭，而我也已經泣不成聲了。這一剎那我覺得我們之前的努力都還不夠，為同胞寫歌當然是我該做的事，但是我覺得假如能夠為他們受苦的話，那才是我的願景。所以我要求黨外編輯作家聯誼會各個委員一起來開會，要針對原住民罹難的家屬做些事情。

我們這個組織的經濟本來是很拮据的，很難募到款，商人通常不會幫助我們。但拮据有拮据的辦法，我提議在當時的新公園，也就是後來的二二八公園那裡，為罹難同胞及家屬露天舉辦一個「為山地而歌」的紀念會和募款活動。那個時候海山煤礦發放的撫恤根本不夠用，我們也聽到一些消息，事故發生以後，這些礦工家裡一下子連購買油鹽醬醋，孩子讀書都有了問題。

由於募款大會是為罹難家屬舉辦，雖然這樣的活動在當時的台灣社會並不合法，但治安單位並不會驅散我們。我當時在社會上發了一個邀請函，我們這裡沒有音樂家的表演，全部都是來自於在都市漂泊的原住民的孩子們想為同胞唱歌，唱出他們互相激勵的歌來請大家來聽。

那次的演唱會，我請了阿美族的北原山貓陳明仁來唱，我在當時還只認識他們。有兩位泰雅族的學生也過來唱，我自己當然也要唱。其實那些節目非常貧乏，而且大家唱得並不是很好，更沒有想要表現樂器與唱功，只是覺得我們心裡面有很多的話想說，要趁有很多媒體在的機會講述心裡的話，所以從我開始，每一個唱歌的人在演唱以前都有一段演講。我從核能廢料問題一直講到土地問題，歷史問題，後面的人也一個接一個地說，其他民族也都講了各自的困難。

我告訴大家自己寫了一首歌紀念罹難的同胞，尤其要紀念這次海山煤礦遇難的兄弟們，然後將這首〈為什麼〉唱了出來。這首歌在當天是有錄音的，但我唱到一半就唱不

「為山地而歌」的活動廣告。（胡德夫／提供）

下去了。這首歌本來有兩段歌詞，我只唱了前面的一段，後面的一段我實在沒有辦法唱出來，幾乎是用說的方式，透過眼淚講出來的。在舞台的後面，寫著這次活動的主題——為山地而歌，這是我真正地為原住民同胞所唱的第一首歌。

那天我在台上的時候，看到台下有幾個和我年紀差不多的人，看到他們的臉色我便知道那一定是情治單位派來的便衣，而且派來的全都是原住民。看得出來，憲兵和軍中的情報官員都在裡面，但也看到一個我們村莊的人位列其中。開始我以為那人是來給我們捧場的，但後來與他聊天，他才對我說：「大哥，我們是來蒐證的。」我只好讓他們請便，但當我在唱歌的時候，在講自己同胞處境的時候，我發現他們每一個人都在偷偷地抹眼淚。

找到那扇門，走進那扇門，找到自己的田地，走進自己的田地，這在我的歌裡面占據了很重要的分量。這扇門是很深沉的。

1984年為山地而歌演出。（胡德夫／提供）

我在當時被禁止出國，但有很多留美的學者聽到了我們的聲音，回國的時候幾乎都來捐錢。後來我們成立了原住民權利促進會，我決定在當年的十二月底離開黨外編輯作家聯誼會，因為我們在那裡同樣被邊緣化，所有的委員會編制預算的時候，卻發現我們幾乎只能靠我太太錄音和幫人家代班唱歌的錢來維持。

一九八二年，我和楊祖珺開始關懷雛妓這個社會問題，也唱了一些歌，這對社會來說無疑是件好事，但被一些政客認為我們是在搞政治，搞陰謀。因此蔣孝武禁止我的聲音出現在廣播裡面，也禁止我登台演出。

我從台灣演出價錢最高的歌手一下子變得沒有人敢邀請我。我和所有的朋友斷絕了來往，尤其是經商的朋友們。從活動的開始，我的朋友們就偷偷捐款進來，但都不敢說是什麼公司在捐款。我全部的電話都被監聽，像台灣美國運通公司的嚴長壽，來來百貨、中興百貨董事長蔡辰洋，這麼好的兄弟，他們很有錢，也想幫助我，但我連他們的電話都不會接，我怕他們因此而被查稅遭到牽連。在黨外編聯會裡面有很多機構就是這樣子被關掉的，一旦被查起稅來，生意根本沒法做下去。後來連我媽媽也開始被約談，家裡其他人也受到了一些牽連。

我決心這樣去做，苦就苦下去好了，更何況與那些真正受苦的同胞比起來，我們這又算什麼苦呢？那些原住民同胞從家鄉出來，最後卻因意外從高空墜下，或在出海時沉沒於海底，或不幸地被瓦斯灌進去。比起他們來，我還讀過一點書，不做這些事情做什麼呢？

也許我輕輕轉過頭，一樣可以回到一個小時兩萬五千塊台幣的舞台上面去，一樣可以過比較好的生活。就像 Bob Dylan 講的：假裝沒有聽到那些哭聲，假裝他們沒有死。但這樣下去，還會有多少同胞就這樣死去呢？

在我控訴為什麼的時候，其實自己的苦難也跟著到來了，這是必須要去承擔的事情。

投射什麼東西出去，自然也會相應地反射回來，那本來就是我人生大部分的樣子，直到我又回來唱他們所謂的歌。

其實我一直都在歌唱，但多數人卻不知道，他們以為我不會歌唱了，以為我離開了舞台，以為做了逃兵逃掉了。如果我一直留下，永遠也學不會，更寫不出、唱不出〈為什麼〉裡面所講的東西，自己也不可能真正地從心裡面覺醒過來，只不過會另外變成在政治方面比較有名的人。

但，那又有什麼用呢？

飛魚 雲豹 台北盆地

在我所有的歌裡面，〈飛魚　雲豹　台北盆地〉是創作過程最為漫長的一首歌，足足用了十年的時間才把它完成。

一九八四年台灣原住民權利促進會成立的時候，夏曼．藍波安參加了我們這個組織，他當時還在淡江文理學院讀四年級，這是我最早認識的從蘭嶼來到台北的達悟族青年。我們常常談起他們的家鄉蘭嶼，才知道整個台灣的核能廢料全部都是儲放在他們的家園裡。當局使用了欺騙的手段，說是要蓋漁港，蓋罐頭食品工廠來增加蘭嶼的漁業收入與工作機會，但後來發現那根本就是儲放核能廢料的地方。

當時的蘭嶼沒有電，享受不到任何電力帶來的便利，但是當局居然把照亮整個台灣的核能廢料放在這樣小的達悟族同胞的故鄉，這可真是一種諷刺，也是政府在當時的蠻橫態度。我們常常討論起這件事，也不斷地通過各種活動去揭露當局欺瞞達悟族同胞的事實。更重要的是達悟族同胞用他們的團結和決心，一致來表現他們對這件事情的看法與憤怒。

一九八五年，夏曼·藍波安從大學畢業，成為了達悟族裡面受教育程度最高的知識分子，我逼著他回到蘭嶼和那裡的同胞一起發動反核能廢料的運動，但彼時的他正忙著開計程車賺錢，不大願意再回到那個連電都沒有的家鄉。無奈之下，我說不然我讓他留在台北，自己離開台北到蘭嶼去。聽我這樣一說，他徹夜失眠，最終決定要回到蘭嶼。在回到蘭嶼之後，他終於團結起同胞，向社會發出了屬於自己的聲音。已是花蓮玉山神學院二年級學生的郭健平也利用暑假、寒假回到家鄉，參與這樣的工作。在這同時，台灣大學的張國龍教授也呼籲起自己的學生去支援蘭嶼反核能廢料的運動。

蘭嶼是台灣東部的一個離島，生活在那裡的人們以芋頭為主食，主要的菜品是海中的飛魚。他們將曬成一夜干或二夜干的飛魚佐菜搭配芋頭一起吃，作為他們的主要食物。蘭嶼每年有飛魚祭的祭典活動，飛魚祭的時候人們把蘭嶼的太陽船划出海去，在船上點起燈，飛魚就會撲向他們的船，直接跳到船上去，那樣的場面非常震撼。

正是在那一年，我有感而發寫下了〈飛魚〉這首歌，向生活在蘭嶼的達悟族同胞敬禮。蘭嶼的同胞把印有骷髏圖案的桶裝核能廢料稱之為惡靈，我真的想變成飛魚當中的一隻，與所有的飛魚一起泳向惡靈登陸的沙灘，讓它們擱淺而不能上岸。

這首歌寫好以後，我把歌唱給蘭嶼的同胞聽，也唱給他們的孩子聽，希望今後不要再有同樣的事情發生。但五年以後，類似這樣的事情卻依然在繼續著。

政府要在客家人生活的地方美濃興建一個水庫，而經歷過修建石門水庫的經驗後，人們發現自然環境被破壞得非常嚴重，而且當局也沒有處理好原住民的移居問題，並沒有把他們遷移到適合居住的地方，而是在桃園龍潭那裡給他們安排住處，當人們到了那裡之後才發現，周圍全部都是被銘汙染了的水和稻米。

石門水庫附近地方的水源在以前是很豐沛的，建了水庫以後泥沙開始淤積下來，但那裡仍然是一個重要的遊客水面觀光所在。住在那邊的原住民通過觀光而賺取的收益被平地壟斷掉，完全沒有了保障，他們原本以這微薄的收入為生，但在大量的泥沙淤積之後，這裡出現了更大的問題，附近的環境全都改變了，人文與自然的東西遭到了破壞，使這些原住民的生活更加艱難。

客家人對石門水庫的事情也是瞭解的，因此他們知道新的水庫如果修建在美濃，對自己來說一定是一場災難，於是他們起來反抗，不願讓這樣的事情發生在自己的家鄉。在反抗了一年多以後，政府把這修建水庫的計畫移到了屏東中央山脈下面的瑪家鄉，想要修建瑪家水庫。我們聽到這個消息以後非常緊張，集結了《中國時報》很多的記者去跟當時的社長反映問題。後來我們索性住進了瑪家鄉和霧台鄉的好茶村，在預定動工的地方把他們擋在外面，大量的媒體趕來報導了那裡同胞的心情，這就是所謂的「反瑪家水庫」事件。

瑪家鄉是台灣中央山脈最南端的地方，修建瑪家水庫的事情讓我想到以前其他地區發生在同胞身上的類似的事，為什麼這樣的傷害總是發生在我們身上？我依然想要向這些同胞致敬，於是在創作〈飛魚〉的時隔五年之後，我寫下了〈雲豹〉，曲調格式都和當年的那首〈飛魚〉如出一轍。

雲豹是已在台灣絕跡的一種猛獸，據說牠們非常凶猛，被族人視為神獸，以前常在中央山脈出沒。過去台灣的北邊有熊，南邊則有雲豹。魯凱族人常常講雲豹的故鄉就在大武山，而排灣族人說豹是看守他們千年古塚的動物。傳說中的雲豹神出鬼沒，彷彿牠的腳印從來沒有踏足過這片土地，現如今台灣的雲豹已經絕跡了，但在中南半島上面還有牠們的身影。

基於這樣的聯想，我寫下了〈雲豹〉這樣的一首歌。假如我們就是雲豹的話，那片森林本來就是我們的地方，我們的祖先躺在那裡，但是我們屈服了，被遷下了山，可我們仍然想陪伴著我們的祖先。我想變成雲豹，去追逐戲耍趕走我們的人，我希望太陽透過雲霄、密林照耀進來，讓我們獲得力量的復甦，溫暖著我的兄弟們。

當時我們做了十年的社會運動，很多東西得到了改善，我們所追求的正義也遲遲來到，平地的朋友們開始對我們有了更深入的瞭解。其實不只有原住民的學生、青年或是研究人員在這十年的運動當中憑自己的力量去爭取權益，我們許多的漢族朋友也站在我們這邊，在我們需要有更多人來的時候他們就會出現，與我們走在一起，和我們一同吶喊。我們並不知道他們的名字，他們就像沒有翅膀的天使，來的時候幫我們做很多的事情，事情做完又消失得無影無蹤。以前我們常常遇到這樣的情形發生，對我們來說，那真的是一種同胞手足的感情。這些人是要被我們紀念的，所以我接下來又創作了一首歌——〈台北盆地〉，來紀念這些在風雨中與我們一同前進的朋友們。

在這十年的社會運動過程當中，我們與這些朋友不分種族，不分黨派地走在一起，這是一種兄弟之間的諾言。我們有說有笑，也有苦有樂，但想起那段日子，心裡總是暖暖的，就像復燃的一盆火一樣。我們那時候常在凱達格蘭大道附近的大街小巷走來走去，凱達格蘭是台北以前的名字，也是消失已久的凱達格蘭族的故鄉。我希望這盆火能夠照亮美麗古老的凱達格蘭，也照亮我們的山谷。

將這首歌創作完成以後，我將三首歌合在一起，最終成為了〈飛魚　雲豹　台北盆地〉，這首歌我用了十年的時間來創作，是我創作時間最為漫長的一首歌。在這首歌誕生之後，一九九七年，我與林廣財、陳主惠成立了一個音樂工團，以這首歌的名字命將它名為「飛魚雲豹音樂工團」。

那個時候我住在高雄，附近有許多原住民的部落，我們成立這樣一個音樂工團，希望在以後的幾年當中能夠經常到中央山脈附近去，挑選出一些很會唱歌的年輕人來跟他們一起唱歌，以此作為我們的工作。

我們之所以把音樂工團取名為飛魚雲豹，一方面是因為我想到自己寫的〈飛魚　雲豹　台北盆地〉，這樣就涵蓋了所有我們的同胞和愛我們的朋友；另一方面，陳主惠的名字是 Fey，也就是飛魚的飛字的諧音，而我的名字叫 Kimbo，當時也有人叫我 Imbo，諧音也就是雲豹，所以這也暗喻著我們兩個這樣共同的想法。

在音樂工團成立的一年以後，九二一地震發生了。地震發生的時候，南投的埔里一直到仁愛鄉這些地方，救災的隊伍很快進入了那裡。但是中原、清流始終沒有任何消息，救災的隊伍也無法到達。我找來了我們台灣原住民權利促進會的會員雲力思，她是泰雅族人，泰雅族的發祥地剛好就在那附近一個叫做瑞源的地方，我問她救災隊有沒有到達那裡，她告訴我那裡還好，但是清流和中原部落是進不去的，還不知道那裡族人的下落。

於是我和雲力思又集合來林廣財、陳主惠，還有幾個《夏潮》的朋友，組成了一個十一人的救援團隊，用我們走山路的經驗，想辦法徒步進去。

清流這個地方其實是在三條溪澗中沖刷出來的一個島，以前日本人叫它川中島。距離那裡七十公里以外的地方，就是霧社事件中莫那．魯道的故鄉，也是莫那魯道埋葬的地方。當年的霧社事件以後，戰士們自殺的自殺、被殺的被殺，剩下的這些賽德克族同胞被日本人報復性地對待，把他們集中到七十公里以外的這個島上關起來，那裡就像一個惡魔島一樣。日本戰敗以後，那些被囚禁在島上的賽德克族人慢慢來到河岸附近墾荒，一代一代的人就這樣生存下去。那個地方後來被叫做清流，但其實那些賽德克族同胞差一點就成為川中島民了。

我們還算幸運，只用了三天時間便到達了清流部落，但生活在清流的同胞已經沒有食物和水了，他們要到很遠地方的挑水，採野菜，要靠獵槍打野獸。而在外面的一些「明星災區」裡，有的人已經用礦泉水在洗澡洗頭了，一切的物資都集中到了那些明星災區，而清流裡面的人卻享受不到這些。於是我們趕快工作起來，聯繫上了外面的救災指揮中心，告知他們清流的情況，也會說明清流的同胞管理好物資，判定他們的房子是全倒還是半倒而後向救災中心彙報，同時還要照顧一些傷患。當時附近還有一些餘震，我們常常要檢查那裡的地質是不是可靠。

在工作之餘，大家會聚在一起整理一些自己民族的歌唱給大家聽，我也會整理一些歌出來。有的時候北原山貓的陳明仁也會過來，大家聚在一起互相學習各自的歌。雲力思年輕的時候是五花瓣樂團的貝斯手，我很早便知道她會唱歌，她也因為通過原住民的社會運動學習了一些原住民的語言和故事，回來以後講給小孩子們聽。

那些日子我們做任何事情都要跑到七十公里以外的霧社鄉公所去，這些繁縟的工作讓我們疲憊不堪。大家那個時候都處於不知道地震還會不會再來的狀態，每天都有許多婦女站在自己的部落裡面看著上面的懸崖和高山，怕有落石掉下來。有時候她們在煮飯、炒菜，炒到一半就不得不丟了鏟子跑掉，那一定是山上的石頭又有了鬆動，常會有巨大的石塊掉落下來，這種情況我們一定要馬上告知危機。在這種情況下，為了讓大家的心情能夠得到緩解與放鬆，我們覺得有必要再為他們做些事情。我們這些人還會唱一點歌，我還會彈琴，索性就把器材弄了過來，晚上練習，準備一村一村去安慰大家。

後來我們這個音樂工團變成了部落工作隊，也履行了我們想為大家唱歌的計畫。我們一村一村地去拜訪，村裡的年輕人和老人家唱歌給我們聽，我們也回唱給他們聽，希望通過這樣的音樂分享讓人們暫時忘記苦難，得到撫慰。

那裡的災區是泰雅族聚居的地方，我們把一些片斷的原住民音樂元素集中起來，包括泰雅族祖訓的歌，由我編曲以後，讓雲力思唱給當地的同胞聽，讓大家通過音樂團聚在一起。晚上的時候我們才叫做飛魚雲豹音樂工隊，而白天我們工作的時候就叫部落工作隊，這看似兩種不同的身分，其實都是我們這些同樣的人在做。

那年冬天，我們把所唱的歌錄成CD，在台北市一面講災區裡面的狀況給大家聽，一面義賣這些CD來幫助災區裡面的災民。後來大陸工程董事長、台灣高鐵前董事長殷琪看到了我們這樣的舉動，出錢在國家音樂廳外面的廣場舉辦了為災區募款的音樂會，我們把很多災區裡面的手工編織品拿過去義賣，也在廣場上進行一些演唱，幫助災區的同胞慢慢地重建起家園。

天下沒有不散的筵席，飛魚雲豹音樂工團在後來逐漸鬆散與瓦解，大家開始各忙各的，一個個都成了大明星。現在這個音樂工團已經不存在了，但我們一起為災區同胞服務，以及那十年間為爭取原住民權利的奔波歲月是我所不能忘記的。我要把〈飛魚　雲豹　台北盆地〉唱下去，向曾經的年代與往事做以敬禮。

太平洋的風

一九九八年我回到了台東，那個時候我的身體很不舒服，還要拄一根拐杖。我對媽媽說想要去看我出生的地方，便離開她跑到了海邊，跟一個老兵租了間屋子住下來，五百塊台幣一個月。我從家裡走路過去，走到七八十公里外台東的東北角，那個叫做新港（Shin-ku）的地方。媽媽說我在那裡出生的時候，祖父趕來為我接生，為我剪下臍帶，抱著我去太平洋的海邊洗澡，並以 Shin-ku 作為了我的乳名。

我們卑南族的家姓叫做 Makakaruwan，寓意家丁最多，人口最昌盛，而我卑南族的名字叫做 Tuko，那也是我名字「德夫」的由來，但我拒絕直接用這兩個字來稱呼自己，因為那很像日本人的名字。我在排灣族的名字叫做 Ara，至於別人更為熟悉的名字 Kimbo，那是我給自己取的藝名。

聽媽媽說，祖父老了以後走起路來駝著背，祖母的個子很高，他們常常在種滿檳榔樹的院子裡吃飯、喝酒。祖父常會朝著東北方向他幫我接生的地方問祖母，不知道我們

1998 年回到家鄉，在出生的台東海邊，跟一個老兵租了間屋子住下來。
（郭樹楷／攝影）

的 Shin-ku 現在好不好。每當太平洋的風吹來，他就會想到出生在海邊的我，而我的心裡也時常會想念著他。

其實我與祖輩老人相處的時間蠻少的，以前沒有公路的時候，外祖父每次要走上三天路才能到我們這裡，即便通了公路，也要坐三個小時車才能到。他來山谷看我的時候，常把我抱在腿上唱我們的古謠給我聽。他每次唱的內容都不一樣，雖然曲調相同，但歌詞都是他當時的內心所想。小的時候我聽不懂這些，通過媽媽的描述才瞭解祖父所唱的意義：我的孩子，你要知道我唱的這首歌是祖先留傳下來的千年古謠，我現在把它唱給你聽。我的孩子，你知道我雖然在很遠的地方，但我希望每次都能像今天一樣，讓我的腳步走到你身旁，那是我最大的喜悅。這首歌你以後不要忘記，以後你也會把它唱起，它讓我們匯聚在一起，讓我們更加勇壯。每次祖父離開以前還會唱這樣的歌：我們相聚在一起，也有時候要分離，不在一起的時候我們各自來唱這首歌，就會覺得我們都是在一起的。

我的外祖父是排灣族一個很大的部落的頭目，他的遠祖從屏東遷徙過來，十三個兄弟中有一個人留在屏東做了那邊最大的頭目，其餘十二個兄弟全部來到東部，在台東各個地方建立起部落。所以現在我去到靠近大武一帶的部落，發現那邊部落的大頭目都是我外甥輩或孫輩的人在做。

排灣族是一個貴族形式的社會，頭目是世襲的。所以在排灣族，普通人只能使用自己原有的名字，有的人想提高身分，就會故意用頭目慣用的那幾個名字來顯示自己和部落的頭目有關係，但那是犯忌諱的事情。穿著方面也是如此，有些首飾普通人不能戴，只有頭目和他的家裡人能戴。詩歌也是一樣，普通人並沒有很多詩歌可以唱，重要的祭典等活動上唱到的一些歌，都是由頭目家裡的歌匠所創造出來的，或是遠古的歌被他們保留下來，再從頭目家唱出去。

排灣族大頭目的下面會有一個巫師，一個獵人，這都是部落裡很重要的職位。巫師和部落的文化有關，而獵人被包含在戰鬥群隊。部落裡面不管誰打到獵物，或者隔壁的頭目獵到東西而禮尚往來，本部落的頭目都會得到一份。假如獵到山豬的話，頭目起碼就會分到一隻較大的，這是頭目的紅利，他們從不為吃穿發愁。

排灣族和英國皇家的繼承制度很像，不是只有男人才當能做統領。如果頭目的孩子裡面年紀最長的是女兒的話，她也可以做女頭目。阿美族在這方面卻不太一樣，他們喜歡聚會，頭目也是大家推選出來的，而泰雅族和賽德克族等北部族群通常採用勇者領導的制度。

很多其他族群的人看到排灣族人結婚、豐收等儀式上的穿著，立刻就能分辨出來哪個人是頭目。因為在那些儀式上，沒有穿傳統禮服的人是不可以隨便上去唱歌跳舞的。排灣族唱歌的形式和場面，很多人看後都會被驚呆。但其他族群也都有各自的特點，泰雅族的歌以簡美著稱，他們的衣服簡單而美麗，上面的刺繡做得精緻且講究，很有自己的特色。

二〇一一年我去納什維爾（Nashville）的時候，曾把這些家族的故事講給那邊的朋友聽，他們感歎於這樣的千年古謠，要和我一起在錄音室裡面把這首歌錄下來。我完全按照祖父那般唱出來，他們說這就是藍調，我則回答他們，這是我們原住民族最遠古的藍調音樂，比美國的藍調更加深遠。

我把那首歌帶回台灣，在錄音室裡給張惠妹聽，她聽得落了眼淚，說也想要唱這樣的卑南族歌，這才是屬於自己的歌。我說現在學還來得及，並麻煩她幫忙為我寫的〈Power in me〉和聲。那次她的和聲真好，把很多原住民的音樂元素融入到和聲裡面，以前很少見她這樣做。她以前的歌裡面對這種原住民的音樂元素只有一些輕描淡寫的帶入，但是那一次為〈Power in me〉和聲時她盡量去發揮，用自己的詠歎唱出來，這讓我非常感動。

我們的民族裡類似這樣遠古的歌非常多，也都非常美，我曾翻譯過一首歌，名叫 Lai

Sue，寓意著生生不息的萬物。它也是千年留傳下來的歌，寫得美極了，在如今的年代裡唱起來感覺很現代，卻又很古典。

我們是沒有文字的民族，所有的文化都是口頭傳承下去，這首歌也是口頭流傳下來的，但依然那樣美麗，那樣純粹。這種口頭傳承的文化非常真實，尤其在音樂這方面更加如此。文字本身是會造勢的，所以歷史寫來寫去有時候不一定就是正確的。而且文字也會因為一些事情被創造出來，比如在中國國界裡面生活著和泰國同一民族的人，但我們總不能稱呼他們是泰國人，那就把泰字再加一個人字邊，變成了傣，這些人就被稱作「傣族」，是「住在中國境內的泰國人」之意。其實最初的字典裡面是沒有這個字的，這是一種隱意，但口頭流傳的東西會更加自然而真實一些。

我把 Lai Sue 與國語進行比較，漢唐時期的文化，詩詞歌賦是留傳下來的很精彩的東西，雖然我們的民族沒有文字，我們的歌也只是口頭上的傳承，但絕不是說我們自己沒有美的東西存在。Lai Sue 的歌詞被我翻作國語即有這樣的意思：我對你的思念如盤藤般纏繞，當我向眾山遠望，我確信那常青的樹葉，即是我們曾經擁有過的美好。

這樣的一首千年的古謠，雖然只有這麼短，但通過反覆地吟唱，就能體會到它遠古的味道了。

我媽媽非常會說故事，常常對我講起外祖父對我的期望，講祖先是怎樣從屏東移居到大武山，建立自己的部落，也會講一些日據時代下檳榔那裡的故事給我聽。但講的最多的，就是關於我出生的故事，而且提醒我長大以後要記得去看，去感受我出生的地方。她對我描述居住在那裡的阿美族人們，也告訴我他們為什麼會生活在那裡，當然也會講到太平洋。她告訴我不要以為阿美族是外人，他們才是保守我們祖訓的人，我們是外來的。那裡是我的出生地，也是我的故鄉，所以看到阿美族人要認為他們就像自己的家人一樣。以前小時候她這樣講我沒有什麼感覺，直到我後來在淡江中學讀書時碰到了阿美族的人，碰到了很多不同族群的人，我才越來越覺得媽媽講的有道理。

新港那個地方，其實我已經沒有什麼印象了。我在三歲的時候離開那裡，現在又重新回去，看一看自己出生的地方。海風吹來，我想是不是在我出生的時候也像現在這樣子，從母親的懷中落地，那太平洋的風也就吹在我身上了。

我在港口的海邊走了很久，真的很過癮。

這個近洋是遠古時候阿美族的漁獵場，新港是他們的出海基地。慢慢地，這裡成了台灣省漁會的地方，平地人來到這裡打漁，原住民去了遠洋做漁夫。

我的乳名源自這個港口，我就是這個小港。這小港和很多台灣其他的小港一樣，幾

太平洋的風撫摸著我，就像母親的感覺。（郭樹楷／攝影）

百年來，從外面來的人們遇到颱風，遇到各種無助的事情，藉著太平洋的風再度揚起風帆，移到這片寧靜的港灣，或者他們乾脆登陸在台灣生活下去。基隆、花蓮的港口大概也都是如此吧，我覺得應該唱出一首歌來頌讚太平洋。

我出生的時候一定是穿著披風來的，那件披風就是太平洋的風。我呱呱落地的時候披著它，這是我最早的一件衣裳。我相信海是有聲音的，那是對我最早的一片呼喚。在我出生的時候，當然不會記得這些事情，那也許都是我來到這世上以後最早的感覺。在我的想像當中，太平洋的風算是我的第一個故鄉，而我最早的一點往事，就是等待著太平洋的風徐徐吹來。我赤身裸體來到這個世界，一無所有，它吹過我所有的全部，把我吹到陸地上，我的故鄉。偌大的太平洋，婆娑無邊，那是我最早的世界，那世界的感覺，想來是一種魔幻。它的風吹到山上去，吹進山谷，攀落滑動在我們祖先那千古的風台和平野。

台灣東南地區的恆春一帶有一種很厲害的風叫做落山風，我覺得既然有吹落山的風，就一定有吹到山上的風，吹進美麗的山谷。後來我看到在山上工作的媽媽，在無風炎夏的日子裡，拿著斗笠在扇風乘涼，但就算躲到樹蔭底下也沒有風的到來。但當一陣風吹來的時候，那些務農的婦女，她們整個人都活躍起來，那一定就是太平洋的風吹進山谷了。

太平洋的風撫摸著我，就像母親的感覺。她懷胎十月，我一覺醒來，那是最早的一份覺醒。那樣的覺醒必然伴隨著哭泣，但也會被那太平洋的風所安慰。我出生在這樣的地方，才會在後來為那些同胞做一些事情，這是我在母親腹中一覺醒來以後的又一次覺醒。當太平洋的風吹來的時候，它早已吹進了我生命的最深處。

台灣東部的遠古民族，尤其是排灣族、阿美族，稱謂裡面沒有叔叔、嬸嬸、伯母、阿姨這樣的稱呼，我們管爸爸那一輩的人全部叫爸爸，管媽媽那一輩的人全部叫媽媽，即使是祖父母那一輩的人也都如此稱呼。對待別人家裡長輩的敬意是與自家人等同的，他們全都是自己的父母兄弟。

在我們傳統的部落裡面不會有孤兒存在，如果有孩子沒有了爸爸媽媽，整個部落的人都是他的家人。這個孩子的成長不會像在平地一樣，不會被送到孤兒院，更不會被人帶著去乞討。不管是物質生活還是精神方面，他都會像其他人一樣飽滿、充足。就像我在歌裡寫的那樣：吹動無數的孤兒船帆，領進了寧靜的港灣。在太平洋的風下，所有人都同樣地自然尊貴，這風吹上綿延無窮的海岸，吹著所有的人，吹著地上的生命，是吹著生命草原的歌。

生活在島嶼和生活在內陸相比，會有一種完全不同的心態感受。站在太平洋邊，看著那片深藍色的海，會無從想像地感覺，海的這邊過去是日本，那邊過去是美國，這些國家距離自己並不遙遠，自己面對的彷彿就是整個世界。

我越想越多，忍不住往更大的角度去思考。美國覺得太平洋是他們獨有的利益所在，就像他們的游泳池一樣，這讓我心裡很不服。又想到日本以前橫掃太平洋，說是在保護這個地區，其實在把自然豐盛的東西拿走，把不好的東西留在這裡。一個帝國走了另一個帝國又來，從荷蘭、英國、葡萄牙到美國、日本，這些被他們塗炭的地方，正是太平洋的風吹過的地方。

那麼多帝國的軍隊在太平洋中穿梭，在太平洋諸多的島嶼上建立了殖民地，我從人類學的角度得知那些地方的人們，他們的母地就是台灣，所以才會在台灣這小小的港灣來講這麼大的事。太平洋的風吹散彌漫的帝國霸氣，吹生出壯麗的椰子國度，偶爾會飄送來整個太平洋南島那種自然尊貴而豐盛的氣息，很多斑斑的帝國旗幟也會被風吹走。我們在山谷裡面長大，也是被太平洋的風吹大，太平洋的風一直在吹。當太平洋的風吹過以後，我覺得一定會迎來真正的太平了。

記憶

一九九八年的時候，台灣的一位年紀和我相仿的詩人李敏勇帶著他的詩歌〈我們的島〉（記憶），通過朋友找到還在台東養病的我，跟我說公共電視台要開播一個名叫《我們的島》的電視節目，希望我能夠為他的〈記憶〉這首詩配上曲子，作為這個電視節目的主題曲。

台灣是一座島嶼，但生活在台灣的人們大多在意識中與海洋卻是疏離的，因此當台灣的海洋與自然環境遭到一些破壞之後，許多人對這樣的狀況感到非常陌生。更有許多人對海感覺恐懼，一方面由於海洋資源的管制，另一方面是他們對水下世界的未知，認為海是不可親近的。那一年是國際海洋年，電視台方面希望藉由這樣的一個紀錄片，能夠把台灣現代海洋的生態狀態記錄下來，喚醒大家對海洋的保護意識。

我看了李敏勇寫的那首詩，講的是我們以前那個時代大自然環境的美好，同時也是在提醒大家現在的環境被破壞成了什麼樣子。我想起自己在淡水讀書的時候，每年夏天學校都會組織我們到淡水的沙崙去游泳，那裡的水非常清澈，沒有一點汙染。後來我上了大學，和李雙澤又常常一起回去找我當年游泳的淡水沙崙海水浴場和興化店海水浴場，卻發現那裡的垃圾已經堆到我的膝蓋了，給人很慘的感覺。李敏勇的詩就是在講這樣的事情，他在懷念我們曾經的環境有多美。

我把他的詩稍加改動了幾個字，基本維持了詩歌原貌。那首詩總能讓我的腦海裡出現這樣的畫面，墾丁那白色的沙灘，白色的燈塔，以前沒有垃圾汙染那裡。從遙遠的外海回來的船看到這個燈，看到這片沙灘，船上的水手便會想起家鄉的美麗，心裡頭想要奔回夢中的家園。

我所唱的歌大部分都是我自己的創作，為別人作品而譜曲的情況很少。我以前寫過周夢蝶的〈菩提樹下〉和〈月河〉，我年輕時候曾在西門町書買他的書，那是我們當時那一輩人的年輕偶像。這兩首歌只在書本上發表過，我也僅在幾次的演唱會上唱起過，後來一直沒有再唱，現在大概也記不得旋律了，但陶曉清那裡應該還會有發表過我這兩首歌的那本書。在這之外我也為〈匆匆〉譜過曲，那是陳君天的作品。〈記憶〉則是我為別人詩歌譜曲演唱的第四部作品。

〈記憶〉這首歌常讓我想起一些發生在故鄉的事情。我們的山谷裡面有一條很大的河，那裡的水永遠是清澈的，沒有半點汙濁，即使颱風來了也依然清澈，不過只是多了一些水。那條河裡沒有什麼大的石頭，小孩子可以很安全地在水裡面玩耍。在我三歲那年，我媽媽帶我來到部落的時候它就是那個樣子，一直沒有改變。

山谷裡也有兩三條小溪流，連著一條小的瀑布，它們也很清澈。我在小時候常去那裡泡水，其他人從北邊的山上工作下來時，在回家以前也會來這裡洗洗身體。出了部落檢查哨的地方，溪流上面有一座小木吊橋，它的夾道用石頭疊起，牛車可以從那邊經過。常有羊群在附近悠閒地吃草，鴨子在溪水中閒游，兩旁長滿了老榕樹、卡當樹。那種美景是我終生不能忘記的。

在我讀小學的時候，我的外祖父來我家。我家住在部落最前面的地方，外祖父進來部落的時候看到很多的卡車從檢查哨右邊的山路開下來，車上載滿了大樹，看得出來，那些車都是從大武山這邊開下來的。然而外祖父並不知道，當地有兩戶人家串通了林務局，沒有在允許伐木的雜木區內進行作業，而是直接到森林裡面砍伐大棵的樹木。我們生活在森林外面的人看不出裡面發生了什麼，但獵人會告訴大家森林裡面發生的事情。他們把樹砍了以後就地鋪上鐵軌，把木頭運到另外一個整理木頭的地方，再從那邊裝了卡車，從林棧道拉下山去。

我外祖父看了幾次這樣的情形，實在搞不懂這樣的狀況，就來問我姊姊這裡林層那麼豐富，為什麼會那麼多人不在雜木區伐木，而去砍林子裡的整根木頭？我姊姊告訴他，有人串通了林務局，跟他們要了這一大塊地方，然後私自擴大地盤，把大樹全部都砍了。樸實的外祖父委屈地問：「他們那一家人要那麼多木頭做什麼用？」

我們原住民用木頭就是這樣的，由於風災等自然原因倒下的樹可以鋸一鋸拿來當柴燒，如果沒有自然倒下的樹，就砍些小的樹木，夠自己用就可以了。蓋房子時候所用的門板、床板和一些建築商要用的木材都是把小棵木頭破板來使用。而且我們盡量不用木頭，盡可能多使用竹子，因為竹子長得很快，而木頭通常長得比較慢，我們必須維護這些樹木。大棵的樹我們絕對不會動，對我們來說那是犯忌諱的事情，我們千百年來跟大自然相處在一起，長輩對我們的教育就是如此。其實在我們附近的山上有很多四五個人環抱粗的大槐木，那時候如果有人偷偷砍了去賣都是一兩百萬台幣的價值。在這些伐木者勾結林務局以後，何止那樣大的樹木，甚至連神木都被一根一根地鋸斷，裝在車上運下山拿去賺錢了。

以前的日本人已經砍走很多樹木了，我以前也一直也有這樣的疑惑，為什麼日據時代的鄉公所、公署、鄉長居住的公館這些建築都蓋得那麼大，而且用的都是好木頭？為什麼日本人走了以後我們自己沒有蓋這樣的房子？我們蓋房子都用比較小棵的木頭，更多的是用檳榔樹梗和竹子，裹了稻草貼牆壁。好的房子也只是這樣而已，簡陋一點的房子全用茅草和竹子來蓋。為什麼日本人會蓋這麼好的房子？而部落的老人家告訴我，日本人喜歡台灣的櫸木，看到大樹就會亂砍，所以他們會用這樣的材料蓋房子。並不是我們原住民不會蓋好房子，而是我們把大自然看得很重，是我們懂得保護大自然。

等日本人走了，本該到了護育樹木的時候，但那時候台灣的經濟很差，蔣介石來到台灣以後的第一件事就是出口樹木，這是縱容的結果。很多人來到山上墾荒一般地把土地搞得寸草不生，然後去種生薑，種高麗菜，種茶。結果當颱風和雨水來臨的時候，大量的山石崩落下來，這是部落裡老人家們不希望看到的事情。他們嚴守著自己的禁忌，不能去碰大樹，那是我們賴以生存最重要的東西，有了它們才有獵物，如果樹不見了，那些動物就會往深山裡面退，也有一些動物慢慢絕滅掉了。現在的貿易早已全球化了，全世界的高麗菜都可以賣到台灣來，也不會有人再去大量種植，那些廢耕的地方就這樣荒廢掉，山石繼續崩落，水土繼續流逝，這就是台灣所面臨的自然環境。

我小學離開家鄉的時候，山谷裡的一切還是那麼漂亮，但隨著伐木的地方越來越大，伐木的商人越來越有錢，從縣議會一直做到立法院去，不僅在台東，就連台灣的北部也

故鄉的山谷裡，河水永遠是清澈的。（郭樹楷／攝影）

是這樣在砍伐樹木。我高中畢業的時候，從成功嶺回到台東，回到部落檢查哨旁邊的溪流那裡，看到那些住在河邊的人們，他們的房子全部被水沖掉了。那條原本只有一間房子寬的溪流一度突然變成兩百公尺寬，但大水過後便立即乾涸了。山上沒有了樹木，水量也不夠了，大雨來的時候，山上的石頭混著泥沙被沖刷下來，把原來的河床擴大了許多倍。我看到那個情形，就像夢碎掉了一樣。小時候那麼美麗的地方，現在怎麼會成了這個樣子？

後來我在原住民運動的時候講到這件事情，如果把森林還給我們來管理，一定不會這麼慘。如果要用森林員警就多用我們的人，土地也不會是現在這樣子。我們部落有一大半房子本來是在現在的河水中間位置的，八八水災的時候，我們小時候玩耍的那個大河直接將部落的房子衝垮了，就像魔鬼一樣，驚悚地把那些房子一間間拉走。我在電視上看到這樣的畫面，卻發現那就是我的故鄉啊。山河遍失，人心惶惶，以前絕不是這樣子的。

與我們不同，在海邊阿美族生活的地方依然那麼乾淨，他們很會維護海的環境，甚至連唱歌跳舞都是海洋的韻律。他們傳統的飲食習慣是山海通吃，在出海捕撈的同時也從山上採摘打獵，這是一種在山與海之間自然資源的平衡，所以那裡的自然資源對他們來說是取之不盡的。但現在台灣北部的海域很難像以前那樣容易捕到魚了，〈記憶〉的歌詞裡有這樣一句話，「船舶在防波堤外航行而過」，這原有的美景現在卻越來越不堪了。如今從海裡打撈到的只有汙染的油，哪裡還有魚呢？

關於這種山海間的捕撈，還有一些趣事。經常有一些阿美族的小朋友讀書時看到其他同學帶的便當裡面有飯有菜，便會抱怨著說：「哎呦，那麼多飯菜，我爸爸出海只捕到龍蝦，我今天便當裡只有一隻龍蝦，別的什麼也沒有。」

部落的學校裡面有布農族的老師在教書，而布農族曾經是靠山間打獵為生，所以有的時候會有一整隻炸好的田鼠出現在布農族老師的便當裡，那樣的情況大概是老師家打獵的時候只打到了田鼠吧。

我們也想繼續維護好自己的山林，那也應當是取之不盡的資源，但如今事與願違。現在除了豐年祭外，我們原住民在林區砍樹和打獵都會被送去法院，因此大家常打趣說收到那個林先生的公文，別人來問什麼林先生，他則解釋那是公文上面蓋章的林務局三個字。但我在小的時候還跟大人們上山打過獵，我跑得快，就做獵狗的角色。

我們在山上常打飛鼠，而且要盡量多打，因為牠們吃森林吃得很厲害。一棵樹被牠挖一個洞吃下去，那棵老樹很快就死掉了，飛鼠會躲在裡頭當房子住，而且牠們挖的洞都是傾斜的，雨水灌不進去。

打飛鼠的時候，我爸爸或我祖父常要我去敲打有飛鼠躲藏的樹，我拿著刀爬到樹上去啪啪地敲打，他們大人則在下面放槍故意驚嚇牠們。這時候飛鼠會從樹洞裡探出半個身子，我們繼續驚嚇牠，牠聽到這種聲音立刻就從洞裡跑了出來。牠們在樹林間滑翔，從一棵樹滑翔到另一棵樹上去，有的會直接從上面掉落下來。這時我就充當了獵狗的角色，跑過去捉牠們，所以我的手常常被咬傷。

我們在打飛鼠的時候是不帶真正的獵狗去的，因為獵狗不會跑到那種地方去抓飛鼠。但我們想要圍獵一些動物時，大型獵狗就派上了用場。在打山豬這類動物的時候，一槍是打不死的，但來不及連續開槍，山豬就會向自己衝過來。這時候我們通常會砍了樹枝插在刀柄裡面，加長刺殺的距離，背靠著樹等山豬衝過來。這個過程中就需要獵狗不斷撲上去，那些獵狗經常會被山豬甩出很遠，但牠們會再撲上來，只有把山豬困住才能把牠刺殺掉。

有些生活在平地的人跟我們的狩獵方式很不一樣，他們每次打獵要帶上幾十枝槍，一百條狗，進山以後看到什麼都要全部打掉，連山鹿也要打。我們打獵是不碰山鹿的，看到山鹿那美麗的樣子我們實在捨不得打。我們打夠一些吃的就回來了，但他們是用卡車在往外面搬獵物。

這些獵物其實和樹木一樣，是需要與人類共榮的，這樣才能給子孫留下東西。我們打獵的時候馳騁在樹林的邊緣，尋找生命的蹤跡，那是千年以來流淌在我們血液裡的自由與奔放。但其實我們到最後的行為，只是在追求那個自由的終點，只是想找回飛躍在腦海裡的土地而已。

很早以前，原住民有著嚴格的獵區概念，如果別人進入自己部落的獵區就意味著宣告戰爭。如今大部分地方早已沒有劃分獵區的概念了，但卑南族還會有這樣的沿襲。有一次南王的人跑到知本的獵區裡去，知本的人馬上在山下鳴槍讓他們不要靠近，最後搞得還要把兩邊的長老請出來協談，這是很多年都沒有過的事情了。現在一些部落的年輕人，越來越多地去追求瞭解他們以前獵區的精神，對他們自己的紀念會十分維護。

其實這些人同屬於一個族群，但部落與部落之間僅隔一條河也要講清楚，不准對方過來。如果對方想過河取樹木，挖竹筍，一定要經過那部落的同意才可以。不過現在也只有卑南族還存在這樣的事情，其他民族早已沒有了。

現在的台灣已經禁獵，但在原住民的豐年祭時還會開放一部分獵區給原住民作為狩獵使用，其他人則是不允許的。每個原住民在登記之後可以持有兩枝自製獵槍，但這種獵槍如果製作不好的話很危險，還會炸膛，一定要請會做的人來做才好，即是做好以後也不能隨便交給別人使用。雖然手中的獵槍還在，但我們現在做得更多的依然是在保護自然，並且收穫了一點效果。

以前的阿里山終年河流清澈，很多鯝魚在河裡游弋。隨著遊客逐漸增多，開始有人打起了鯝魚的主意，很多人毫無節制地把鯝魚電死或毒死，慢慢地，河裡原本繁盛的鯝魚即將消失了。這樣的事情發生以後，阿里山的同胞發起部落的呼籲，由民間自發來護漁。他們制訂了部落憲章，在他們看來，這樣的憲章高於一切相關的法律。部落憲章明確講到在護漁期裡大家不可以捕魚，如果這時候捕魚被抓到，就要罰款一萬塊台幣，這一下子很多人不敢再去了。現在這些鯝魚慢慢又多了起來，甚至多到可以讓人們過來釣，但把魚電死這種事情是絕對不允許的。釣魚有時間上的限制，除了規定時間以外來釣魚的人一樣要被抓去罰錢。

有一次我看到那邊的溪流，以為有一些大魚在裡面，當我走近以後才發現，溪流裡面是很多的小魚在游，在爬涉水中的小瀑布，那場面蔚為壯觀，那些魚終於又回來了。

現在我們在豐年祭打獵的時候也會有所限制，飛鼠是可以打的，但有一種白色皮毛的飛鼠就不允許打。山豬沒有明確說可不可以打，但如果牠從山上闖進自己的田裡，那一定是要殺掉的。山裡的猴子也不允許打，結果現在的猴子越來越多，很多人的包包、帽子都被猴子搶走了，有的猴子也會搶水果，如果牠咬上一口覺得不好吃，還會丟回來。

人類最大的罪惡就是貪婪地對大自然進行獵取與殺戮，你不尊重大自然，它一定會反撲你。我創作的那首〈大地的孩子〉中也有這一層意思，在我的歌裡描述著盤旋在山谷天空中的蒼鷹，滿山的月桃花，色彩斑斕的蝴蝶飛舞著，太平洋的風會吹過來，大武山的水清澈而甘甜。我想告訴人們，我們的家鄉也曾美麗過，也只有美麗的家鄉才能讓人活得更加自然尊貴。

臍帶

二〇一一年，我出版了自己的第二張音樂專輯《大武山藍調》，在這之前我完全沒有想到有機會錄製這樣一張CD，在美國南方納什維爾的所有錄音也只不過被我當作一次音樂方面的行腳。但最終的那次行腳還是以錄製唱片、出版專輯的方式完結，其中還收錄了唯一的一首中文歌曲〈臍帶〉，這一切對我來說都有些意外。

我曾認識一位在日本出生的華僑朋友郭光生先生，他的爸爸在台北開了一家很大的紡織廠，郭先生在日本早稻田大學畢業以後回到台北正準備接班他爸爸的生意，這家紡織廠也成為我後來為爸爸籌措醫藥費而去上班的地方。郭先生在神戶的時候開了一家 House of bluegrass，叫做 The lost city，專門唱藍草音樂（Bluegrass）。玩一玩班卓琴（Banjo）、曼陀林（Mandolin）、吉他（Guitar）、低音提琴（Double bass）、小提琴（Violin）這些樂器，在那時候我也喜歡聽這些音樂。

郭先生回到台灣後，聽到了我唱的英文歌，當時他正與一個日本留學生洋太郎和一個日本公司的駐外員工中村易夫組建樂隊，但是他們少了一個主唱，就來問我可不可以一起玩，由我來唱。我問他們都要唱誰的歌，他說要唱 Woody Guthrie、Bill Monroe、Pete Sigger 他們的作品，我當然同意，接下來我們就組建了一個樂團。後來這些朋友說乾脆我們來開 The lost city，就像以前在神戶那樣，但是要以鐵板燒的方式，剛好也能作為另一份收入補貼我爸爸的藥費。就這樣，我們的鐵板燒店才開了起來。

藍草音樂的誕生地是在美國一個叫納什維爾的地方，那裡有很多出色的錄音師，很多有名的音樂人全都在那裡錄過音。二〇一〇年的時候，我帶著太太來到納什維爾，想看一看自己鍾愛多年的藍草音樂誕生的地方，那座音樂城的裡面有一個非常大的藍草音樂紀念堂，叫做 The memorial hall of bluegrass，也有非常優秀的音樂商業大學，森林裡遍布著整排的錄音室，這一切都讓我感到非常興奮。

一位朋友介紹了錄音師 David 給我認識，他是在葛萊美拿過六次幕後獎的錄音工程師，我們認識的很多音樂人的白金唱片都是出自他手。我告訴他自己的來意，他便帶我到街上去逛，街上的 Live house 很多，一家挨著一家。

逛過之後他對我說：「Kimbo，我知道你在台灣出過唱片，我台灣的朋友告訴過我，而且你音樂的啟蒙有很多是出自黑人的靈歌裡面。你要允許我幫你找一些朋友來，一起在錄音室裡聊聊音樂的事情，唱唱歌。」在獲得我的同意之後，David 請來了非常優秀的吉他手、貝斯手、鋼琴手和小提琴手，我便和他們聊起了自己的音樂歷程，也講起了我在淡江中學時候的校長陳泗治，我到現在都非常想念他。

我來到淡江中學時，講的是帶有濃重排灣族口音的國語，同學和老師都聽不懂，上課聽講也非常困難。而且由於從小赤腳的緣故，我的雙腳長著厚厚的繭，穿上鞋子痛得無法走路，於是只能把鞋子掛在脖子上。淡江中學是貴族學校，學生的家庭背景都非常好，學校管理也很嚴格，所以來到淡江中學的第一年，我非常封閉自己，天天想著回家，不想讀書。我常常在學校後面的樹林裡，把相思樹叫成我家鄉同學的名字，跟它們講話，訴說心裡的苦悶。

陳校長觀察到我平時的狀況，給我安排了最好的國語老師在課餘時間為我糾正指導，還給我買了軟鞋，並告訴教官，讓我在適應穿皮鞋之前，升旗儀式和課堂上都可以穿軟鞋，讓我慢慢適應。陳校長也交代學長們在生活規範上，教我怎樣和平地的同學們相處。他給我創造機會去和平地的同學相互學習和交流，於是我逐漸從淡江中學裡一個特殊的學生變成了正常的學生。

那時候，我們每個同學在總務處都有個帳戶，用來存家裡寄來的零用錢，但因為我家經濟困難，所以我的帳戶餘額永遠是零。陳校長知道我家的情況，每到寒暑假的時候，他就給我出錢，讓我買火車票回家探親，並且囑咐我快去快回，回到學校好給我安排打掃琴房、修剪花木等工作，這些工作的收入足夠支付我的學雜費用和零用錢。就這樣，寒暑假我在學校勤工儉學，陳校長經常在家裡為我煮飯，照顧我的生活。六年的學習生活，陳校長就這樣幫助我，我沒有跟家裡要過一分錢，一直到大學都是這樣堅持。

陳校長是在戒嚴時代第一個反對教育部門要求學生一律剃平頭的教育人士，他就是這樣保護自己的學生，並且在封閉保守的學校環境中，把外面世界的新價值觀念傳遞給我們。因為我暑假寒假都和他在一起，因此受他影響很深。平時他會和我們聊起他參加校長會議的心得，或是學校橄欖球隊的成績，甚至和我講二二八事件中我們學校犧牲的第一任校長的故事。他通過和我們聊天，讓淡江中學堅守的精神與活力延續下來，給我們力量。

在音樂的啟蒙上，陳校長對我的影響更加深遠。我在小學時是不唱歌的，但在淡江中學就不一樣了。因為陳泗治校長是台灣日據時期以來最著名的鋼琴家之一，所以學校有一個傳統，在每天的升旗儀式和朝會後，陳校長會帶領全校師生在大禮堂集合，他坐在鋼琴下演奏，所有師生拿一本《淡江詩歌》一起合唱歌曲。這本集子裡不僅有基督教聖詩，還有傳統的民謠和校長創作的歌曲。當全校師生合唱時，那種聲音讓初來淡江的我感到非常震撼。當時我雖然沒有條件去學彈琴，但我看到校長在台上彈琴的樣子，我就夢想以後能像他一樣去演奏。我在打掃琴房的時候，逮到機會就坐在鋼琴旁邊模仿校長的樣子去彈琴。

陳校長知道我喜歡音樂，就叫我和其他三位聲音條件很好的原住民同學組合在一起練習四重唱，我是最高年級（高二），其他有阿美族陳安稔，布農族史春金，及賽德克族金信雄，還有鄒族的高英洋。並請一位來自加拿大的女老師指導我們練習。我們稱呼這位老師 Miss Taylor，她是十九歲就來到台灣生活。Miss Taylor 對我們這個四重唱組合非常關懷，她以她對音樂的理解和四重唱的演唱技巧指導我們演唱。在學習演唱的同時，她還把我們領到她的家裡，給我們聽黑人靈歌，講解歌詞的含義和音樂課外的很多背景知識，並教我們唱。當時台灣北部最著名的四重唱團體是救世傳播學會的四重唱，當很多人聽過我們的演唱後，都覺得我們要比那個團體唱得更好，而當時我們只不過是四個高中生而已。我們就這樣一直唱到了畢業，在那時候還蠻有名的，甚至在還沒有電視台的年代裡，我們就已經上過了台灣教育電台的節目。回想起那段往事，我告訴 David 自己都曾唱過些什麼，而 David 說這樣的經歷真是太棒了，要我們一起玩玩看。

那天我唱了包括李歐納・柯恩（Leonard Cohen）的〈哈利路亞〉（Hallelujah）和我自己為聽障奧運會所作的〈Power in me〉等幾首歌，他們越玩越來勁，覺得這樣還不夠，便叫來了日本博覽會上在美國館唱四重唱的八名歌手。他們都是納什維爾教會裡選出來的歌手，有他們來合音，這就更好玩了。我們又接著唱了幾首歌，把我自己的作品也唱進去，最後已經唱到足夠一張CD的分量了。

我對那幾天的錄音很滿意，也打算把母帶帶回去做一張關於納什維爾行腳的CD。我們的錄音都是one take的，我也沒有想太多，在錄音完成以後便準備收工了。

我當時正在醞釀〈臍帶〉這首歌，但還從來沒有完整地唱出來過，就連我太太也沒有聽過我最完整的演唱。在我們離開家的這十幾天裡，太太的家裡有親人去世，在我們收工以後，她拉住我，因為思念家人而要我唱一次〈臍帶〉給她聽。我打開琴蓋彈著唱著，太太坐在地上，唱到一半我發現她在掉眼淚，直到我把這首歌唱完。這首歌在之前還沒有完全醞釀好，所以它的間奏都是我當場即興彈出來的，但我回到台灣以後，怎麼彈都沒辦法再彈出同樣的間奏旋律，不得不說那是神來之筆。

我唱完歌，把琴蓋蓋好，去安慰太太，然後到走廊想要和Dviad道別，他卻跑來對我說：「你慢走，我要問你，你剛才唱的那個歌是什麼？」我回答他，這是我太太要我唱的一首紀念我媽媽的歌。David說那個感覺真好，要我一定把這首歌放在這張CD裡面。我說等我回到台灣錄下來放在CD裡面便是了，但他告訴我，他剛剛已經在錄音室裡幫我錄下來了。

回到台灣以後，我把這首歌最後兩句副歌的部分另外加了軌道，由「福福」幫我做了和聲，另外的一首〈Power in me〉也請了張惠妹來幫我錄和聲。這才有了這樣的一張音樂行腳CD。

這是一張融入了Blues音樂風格的CD，對於Blues我有著自己的理解。我在小的時候，雖然在山谷裡面沒有唱什麼歌，但我在家裡的老人身邊長大，一直聽到老人家在唱。他們會唱一些日據時代的日語歌，也有一些用原住民族語言來唱的歌。在那些歌以外，有的時候他們還會唱一些更古老的歌，其中有一種很短的曲式，沒有固定的歌詞，要唱什麼、談什麼完全隨自己。這種曲式是一種對談，要兩個人互相呼應，也都是用原住民的語言來唱。比如說「朋友啊，我們今天怎麼了，我們感情是不是不太好了，是哪裡出了問題……」，這樣唱上一段，另一個人就唱著回答是有了誤會之類的話語。這是自古以來人與人、人與上天磨合時候的一種曲式，或是用來表達朋友之間的互相懷念。這種歌沒有固定的長度，只要能表達自己的情感就好。我們相信歌是可以療癒傷痛，修補情感。

我的外祖父教過我這樣的歌，在我到納什維爾錄製《大武山藍調》的時候，我和他們玩了一首〈南大武藍調〉，即是這樣曲式的歌。這首歌本來是要兩個人搭唱的，但那天只能我一個人唱，那些從心裡面湧出來的語彙，揚抑頓挫，長度與深度的變化很多，而這些變化都被包含在曲式裡面。

以前在部落的時候，如果兩個好朋友有了矛盾幾年都不講話，但其中一個人希望能與對方和好，這時候我的外祖父就會作為中間人，把他們叫到家裡去，讓他們唱歌來聽，看兩邊的誠意夠不夠。那兩個人就會從小時候的事情一直對唱，回憶過去。一個人會講他自己的事情，覺得很對不起對方，沒想到講話這麼重。另一個人則會說既然你來了，我們也唱了歌了，我們心裡有什麼就盡量說出來。他們會唱很久，唱完後兩個人起來擁抱，之後的感情比以前都好。有的人看到美麗的大自然，也會用歌聲去讚歎，用同樣是有主題而非常即興的詞，儘管旋律上會有一些變化，但曲式卻是不斷重複的。這就是我從小聽到的歌。

後來我聽到黑人靈歌的時候，發現他們的歌和我們很像，但他們的歌是被壓迫出來的聲音，是來自於心底的東西。他們沒有上過學，聽到的都是主人在講的英文，一兩代

在美國納什維爾錄製《大武山藍調》專輯。（胡德夫／提供）

人下來已經不會非洲的語言了，而他們能講的英文卻是淺薄的。他們能夠聽到主人禮拜時候所唱的歌，也試著用生疏的英文，配合自己的口吻來唱給上帝聽，或者唱給他們所看到的景象。

看到密西西比河，他們會唱：我的密西西比，你如此雄壯有力，這樣深，這樣寬，足夠把我的悲傷帶進大海裡。而看到火車載著棉花從他們身旁呼嘯而過，他們會唱：能不能把我帶到苦難的另外一邊去。

民歌就是這樣，雖然曲式很短，但完全是從心裡唱出來的聲音。那些黑人被壓迫以後，在那種悲傷的心境下，大量的曲式被他們唱出來，經過很多年慢慢地被別人聽到，最終成為黑人靈歌（Negro spiritual）。後來他們可以進入教堂，也就變成了教堂裡面的黑人聖歌。這些歌被貓王那一代人或者更早的人聽到又發生了改變，他們把西方的樂器與黑人的靈動結合起來，融入節奏方面的元素，藍調就這樣誕生了，其實它是從靈歌（Spiritual）走出來的。

藍調是這兩三百年前才出現的一種音樂形式，那些黑人的家園被拆散，身體被壓迫，那是他們哼唱出來的心中的苦，是完全藏匿於心底低聲的吶喊，不敢大聲唱給主人聽。一個保母看著她主人家的女兒在那哭，她便要哄那女兒唱道：

summertime and the livin′ is easy
catfish are jumpin′ and the cotton is high
oh your daddy′s rich and your ma is good lookin′
so hush little baby, don′t you cry
one of these morning
you′re goin′ to rise up singing
and you′ll spread your wings
and you′ll take to the sky
but till that morning
there′s no one can harm you baby
oh daddy and mammy standin′ by
there′s no one can harm you
oh with your daddy and mammy standin′ by
summertime
summertime

這只不過是一個黑人奴隸，一個女人在當保母而已，在照顧主人的女兒時，她會唱出這樣的曲式，也在感歎自己沒有如此良好的生活環境。

我從小的時候就熟悉這樣的曲式，只不過我所認知的藍調其實是原住民傳唱了幾千年的那種藍調，曲式也是原住民的那種曲式。那些黑人的音樂是他們被壓迫出來的聲音，而台灣的原住民的歌舞是一種莫名的讚歎，比較開闊，高興的東西多一些，但曲式還是那樣的短。我這兩種音樂的英文名稱也叫得很接近，我稱黑人的歌叫做藍調（Blues），而我們的歌叫做 Deep blues，我們的音樂產生得更早一些。我們的祖輩將這些歌一直傳唱下來，那都是從靈魂裡面唱出來的歌。

在《大武山藍調》這張專輯中，我把自己對藍調音樂的理解融合了進去，而專輯裡面的唯一的一首中文歌曲——〈臍帶〉，則是我寫給媽媽的作品。

一九九八年母親節的時候，我在《基督教論壇報》的副刊上面讀到一篇頌讚母親的文章，我看過以後有所感受，開始寫〈臍帶〉這首歌，但始終沒有醞釀完整。第二年台灣發生了「九二一」地震，我隨著工作隊到現場去做一些災後的處理工作。那時候我的姊姊帶著媽媽到交通很不方便的地方來看我，媽媽說一定要看到我在山上，在受到重創的地方幹活才能放心。我並不知道她那時候已經得了癌症，她自己不會對我說，姊姊也沒有告訴我。其實她是很虛弱地來看我的，和我一起吃飯，捏捏我的臉，拍拍我。現在想來，那都是她對我無言的叮嚀。

媽媽在有很多蚊子的地方過夜，第二天要回台東了，她捨不得我，向我揮一揮手，讓我想到了自己小時候離開山谷的情景。我之前醞釀的那首〈臍帶〉又浮現了出來，我準備再把它整理一下，那是心裡面要送給媽媽的歌。我永遠是你懷中的寶貝，視線裡的焦點。但因為工作繁忙，這首歌又被我放下了，一直也沒有寫出來。後來姊姊打電話告訴我媽媽生了病，開始住院了，我埋怨她為什麼在山上的時候不和我說。到了年底的時候我回家去醫院陪伴媽媽，但她那時候身體已經開始有點不行了。

那些日子我每天陪伴著她，看起來更像是在守護她，但我從降生到現在，其實一直都是她在祈禱，在守望著我。雖然我十一歲離開她身邊去淡水讀書，失去了她這一份親情，但最終還是會想到母親陪伴我們的那些歲月，那是抹不掉的記憶。她漸漸老去，我們漸漸茁壯，歲歲年年她都在守望著我們。

媽媽在醫院裡面受苦了半年，〈臍帶〉這首歌在這段時間裡也被我慢慢推磨著。當媽媽去世的時候，這首歌終於有了它完整的樣子，不過僅有第一段而已。在媽媽出殯的時候，我用這〈臍帶〉的第一段歌來送她，因為哽咽，那天沒有人知道我在唱什麼。

在去美國錄音的時候，得知太太家裡親人去世，我感同身受，不禁想起媽媽，於是把〈臍帶〉加了一段唱了出來，在David錄音之後放進了那張CD裡。當這首歌徹底完成的時候，已經是媽媽去世兩三年以後的事情了。後來我想了想，我要頌讚媽媽，應該還要有一首歌才行。我覺得我要從小時候媽媽牽我的手去看滿山月桃花，飛舞的蝴蝶，水中的蜉蝣，天上的老鷹這些事情開始來唱我跟我媽媽之間的愛，我醞釀著這種情感，最終寫下了〈芬芳的山谷〉。

〈臍帶〉是我很悲傷地在唱媽媽離開時候的感覺，在唱她守望著我們的那種感受。而〈芬芳的山谷〉是想唱出山谷裡面一些美麗的記憶，讓我能夠紀念媽媽，也能夠紀念媽媽躺著的那個山谷，紀念我長大的地方。

〈臍帶〉在錄製的時候很奇妙，前奏也好，間奏也好，它的進行都是那麼出乎我的意料之外，那種感受大概是自己在萬里之外，心裡面很深邃地對故鄉或是媽媽的懷念。而我也看到自己的太太在旁邊悼念她的家人，這些情感疊加在一起，手與心，與聲音都走到一起，使自己不由自主地即興發揮出來。

別人常說最好的歌是沒有錄到的那一首，沒想到我錄到的卻是自己再也彈不出來的。

大地的孩子

一九七〇年代中期的台灣，政府為了減少社會上的靡靡之音以及對意識形態的鞏固，由行政院新聞局舉辦了一系列的「淨化歌曲」活動，查處了不少禁歌，並持續展開符合當局要求的淨化歌曲徵選。一九八三年，在李泰祥的鼓勵下，我創作了〈大地的孩子〉這首歌，並獲得新民謠徵選的第一名。李泰祥邀請我參與了他第五次的「傳統與展望」音樂會《新調》，並將校園民歌以管弦室內樂的形式發表出來。

但在那之後，這歌也就被放在了一邊，沒人唱了，甚至連我自己也很少再唱。直到二〇〇一年，我到台東阿美族的都蘭部落去觀看他們豐年祭的時候，才將這首歌重新想起。也正是在那一次之後，這首歌才得以更加完整，最終被我收錄在《芬芳的山谷》這張專輯裡面。

那一次我在阿美族都蘭部落觀看他們豐年祭的時候，被他們的歌唱與舞蹈深深吸引。依阿美族的習俗，三歲便算作一個年齡階層作為區隔，從十三歲開始算起，到十六歲是一個年齡階層，十六歲到十九歲是一個年齡階層，成年之後也是如此，這樣一直延續到六七十歲。那天晚上他們收穫完畢以後，根據自己的年齡區隔，各自到海邊不同的地方聚在一起，烤魚，烤肉，喝酒，在海邊點起一排營火跳起舞，唱起阿美族的歌謠來。

那一年我五十一歲，這個年紀已經不好意思直接加入他們的狂歡，更何況我也不是阿美族的人。但是我不能失去這與音樂接觸的機會，於是躲到一塊大石頭後面去聽他們唱歌。他們唱了一首阿美族高亢的歌謠，然後跳起了舞，那種音樂的美麗讓我在石頭後面聽得出了神。其實他們當中很多人都是在海上頂著風浪打漁的漁夫，也有的人在都市裡面把高樓大廈打造得金碧輝煌，但在那時候的台灣，他們是社會最底層的人，許多不公平的事發生在他們身上，也同樣發生在我們的民族。現在他們放假回來，居然可以唱得這麼快樂，他們在享受這樣的日子，但我知道，他們有的人明天就要回到基隆去出海，有的人要回到最高的鷹架上面去綁鋼筋，也有的人要回到一兩千公里外最深的地下去挖礦，而這些苦難在這一刻似乎被他們遺忘掉了。

我一直躲在石頭後面學他們所唱的歌，那樣的旋律讓我感到似曾相識，這時我想起自己十幾年前寫過的那首〈大地的孩子〉，我試著在那首阿美族歌謠的後面直接加唱起我以前寫的歌來。根本不用改變什麼，不必銜接什麼，不必做橋樑，我直接接上去唱，這兩首歌竟是那麼相合。在我以前聽到的或是自己創作的音樂裡面，或許早有一些與這些阿美族歌謠相近的元素，在台東那裡，我們兩個民族早已互相交流了很久，有很多的音樂元素都在互相欣賞，互相使用。歌是相通的，氣息也是相通的，然而我用漢語寫的〈大地的孩子〉居然跟阿美族的歌謠可以完全地契合上去，這還是讓我多少感到有些意外與驚喜。

我在〈大地的孩子〉裡寫過這樣的歌詞：

他們在藍天下歌唱
歌聲傳遍四野
他在藍天下歌唱
歌聲傳到遠方

後來我又增加了兩段歌詞：

大地的孩子愛高山

大地的孩子愛草原
大地的孩子愛湖泊
大地的孩子愛大海

他們在大海邊歌唱
歌聲傳到遠洋
他們在大海上歌唱
歌聲傳到永遠

阿美族的歌就像拍打在岩石與沙灘上的海浪，幾千年來他們在海邊生活，早已成為大海的一部分。他們熱愛著大海，所以現在也只有他們所生活的台東附近的海還是乾淨的，因為他們知道如何正確地採集自己想要的東西。阿美族對自然就是這樣的態度，人類要與大自然共榮，不管湖泊、草原或是森林、海洋，莫不是如此。在大自然中，人要有大愛，不是嘴巴上說愛而不去作為。人與自然是互相依賴的，人類的繁榮與大自然的繁榮同樣重要。

阿美族的歌裡面有很多太虛之詞，那是超越人類語言表達的音樂元素。然而令我意想不到的是它們居然可以銜接在〈大地的孩子〉後面，唱在一起。正是因為有了這樣銜接，我才覺得這首歌是完整的，才可以呈現〈大地的孩子〉真正的表達用意。如果寫了很多的歌詞，最後卻還是空洞的話，還不如以這樣的方式讚歎一下大自然，我們這些庸俗的人總是會被大自然所寬恕的。

阿美族的歌有種遠古的味道，它的旋律很簡單，也經常有一些重複，聽起來好像很幼稚，很多人不理解，會說你們唱的不都是一樣的歌嗎？很多人聽不懂阿美人在唱什麼，但到了亞特蘭大奧林匹克運動會上，全世界的人都聽到了郭英男唱的那支阿美族歌謠〈老人飲酒歌〉，當看到人們隨著歌聲搖曳時，那些之前說聽不懂的人才會開口講，我也能夠聽得懂阿美族的歌了。最後傳到台灣，台灣的漢人也開始聽懂了。

阿美族有著自己獨特的歷史，他們最早分為南式阿美、北式阿美兩個支系。所謂南式阿美，就是現在留存在台東到屏東滿州一帶的阿美族；另一支阿美族從屏東滿州渡海到花蓮上岸，分步在七美、光復、瑞穗那邊，他們是北式阿美。南式阿美比較靠近我們卑南族，也靠近海邊，他們是受卑南族統治很久的民族，雖然卑南族人口比他們少十倍，但憑藉著強悍的武力卻足以征服他們。早期的台灣，各族群間的領土矛盾很大，人們都會有獵區和生存領域的意識，卑南族在強盛的時候占領了台東，把種子、土地分給後來的阿美族人去種。

南邊的阿美族自稱叫 Amis，他們與北邊阿美族的語彙總體上差不多，但是有些個別地方不太一樣，稱呼上也不太一樣。北邊的阿美族稱呼自己叫做 Pangcah，因為那個地方比較富庶，他們就像個小王國一樣，他們的頭目很像過去的卑南王。在清朝乾隆時期，卑南王曾受到乾隆皇帝的召見，祖先們不遠萬里去往紫禁城拜見乾隆皇帝。當年的賞功牌現在還陳放在台東的台灣史前文化博物館中展覽。

雖然這南北兩支阿美族有些區別，但漢族的歷史學家還是把他們統稱為阿美族。阿美族是台灣人口最多的原住民族，現在大概有十五萬人，而卑南族還是一萬人。卑南族人靠海但不吃海，他們的農作物很豐富，足以靠山上的這些農作物養活自己，而阿美族人生活在海邊，也沒有人跟他們搶東西吃。阿美人的性情天生樂觀、和平，他們可以拿起鋤頭來幫別人工作，但很難拿起刀來與人為敵。卑南族以為自己很強大，其實是人家阿美族愛和平，後來凶猛的布農族從南投過來欺負阿美族，而台灣這些少數族群中唯一能夠抵擋得住他們的就是卑南族，所以布農族被我們擋了下來。

音樂是阿美族非常重要的民族元素，他們的歌實在很豐富，卑南族在唱的歌幾乎一半以上都是阿美族的歌翻過來的，雖然我們會把它唱得更卑南化一些，會把他們那些節奏明快的歌唱得更優雅，但如果仔細聽，那其實就是阿美族的歌。他們習慣將歌舞混在一起，也喜歡集會，如果部落裡面一座房子蓋好，他們就會聚在一起慶功。如果部落有什麼事情要談，全族的人也會坐下來談，順便大吃一頓，喝酒唱歌。他們喜歡集體關懷村莊裡發生的事情，有著集體集會的古老傳統。

阿美族非常善於接納其他族群的歌，會把其他族群的音樂元素融入到他們的歌裡面去唱，甚至能夠把原本的閩南語歌直接用阿美族語唱出來。他們也學習一些排灣族的歌，而排灣族音樂裡面也大量充斥著阿美族的音樂旋律。

阿美族人是台灣原住民裡面最早離開自己的部落來到都市圈打拚的族群，很多人沒有再回到自己的故鄉。在我讀大學的時候做過「旅北山地大專學生聯誼會」會長，考進學校的原住民學生裡面大部分是阿美族人；我在淡江中學讀書的時候，六個學年裡雖然只有二十四個原住民學生考進來讀書，但他們大多也是阿美族人。

以前我講的國語沒有人聽得懂，於是在淡江中學的時候拚命學大家怎麼咬字發音，盡量讓人家聽得懂我說的國語。學會了國語以後我又開始學英文，我的英文成績與學校裡的同學相比算是很好的。有趣的是我把我學到的英文音標寫信給我姊姊，姊姊一念就說英文的發音很像我們的語言，所以後來我常常想著如何運用英文的音標，去記下並學習第三種語言，最終我選擇了學習阿美族的語言。我向阿美族的朋友請教，通通做下筆記，等到我們即將畢業的時候，我用阿美族語跟那位朋友講話，結果把他嚇了一跳，他沒想到我能學會流利的阿美語言。

阿美族人通常對於音樂有著過人的天賦，台灣的兩位非常著名的音樂人郭英男、李泰祥都是阿美族人。

我和郭英男老師相處的時間比較短。我曾有過一段十幾年沒有唱歌的經歷，那時候常常在台東流浪到海邊的角落裡，我在那裡聽到陳建年他們的歌不斷地從收音機裡流瀉出來，同時我也聽到了Enigma的歌聲，意外的是，在他們的歌裡面我竟然聽到了阿美族人的聲音。那時我因為早年在學校打橄欖球的緣故而長了骨刺，每天早上需要拄著拐杖到海邊去泡沙子，想把身體泡好一點，每天還要做一些類似體操的伸展運動幫助恢復。運動回來以後我常會聽收音機，慢慢關注到Enigema的這首歌在排行榜上面拿了名次，後來拿到白金唱片獎，一九九六年的亞特蘭大奧運主題曲〈老人飲酒歌〉終於讓全世界的人都聽到了這首歌。歌裡面阿美族人的聲音即是郭英男老師的歌聲，我與他的結緣就是這樣開始的。

他喜歡聽我講笑話，常跟我說回台東的時候一定要經常見面才好，所以我每年回台東總是先到我姊姊家，等到時間差不多了，就到菜市場去買郭英男最喜歡吃的生魚片，再買一些菜提過去。郭英男和部落裡的老人們在院子裡面擺上桌子，我在杯子裡倒了酒，拿出生魚片，就開玩笑講：「可以開始唱了！」他們卻說要等一下，先喝了酒才好，並讓我再講兩個笑話，等他們慢慢喝得差不多了，唱歌悠悠地飄了出來。後來給他們錄歌的錄音師乾脆也都按照這個方式來錄，先吃先喝，檳榔照樣吃，在嘴裡咬到一邊去，一樣可以開口唱。

後來郭英男老師收我做了義子，我們一起去日本演唱，我來做他們的翻譯，我也會唱自己的歌，並與他們的歌結合在一起。短短那幾年，他就像我的父親一樣，很多阿美族的歌都是他教我唱的，其他幾個比他年紀稍輕些的老人家會再幫我注意一下唱法與細緻的地方。阿美族的歌，一個外族人想要唱得很有阿美族的味道是很難的，他們有自己特有的用氣與喉音。

幾年以後的一天，一隻蜈蚣鑽進他的鞋子裡面，他穿鞋子的時候腳被咬傷了，然後輾轉地變成蜂窩性組織炎，就這樣走了。我們難過不已，到他家裡陪伴了十天。我看見他家裡的老媽媽就坐在門口，不想進門，就坐在那裡等著他老公回來。十天以後這老媽媽心碎而死，悲傷到極點也跟著走了，我們在還沒有離開的時候又接著辦了另一個喪事。她沒有生什麼病，也沒有什麼輕生的念頭，就是悲苦而死的。十天裡兩位老人相隨而去，我很難過，卻也為兩位老人這樣的相守而感動。

李泰祥與郭英男同是阿美族人，並且來自同一個部落——馬蘭部落，但李泰祥很早就從自己的土地上漂泊到台北來了。

李泰祥是我們的老大哥，後來我才知道，他的爸爸跟我爸爸是農校的同學，跟〈美麗的稻穗〉的作者陸森寶是同一班的，所以我爸爸也會唱陸森寶的歌，後來才傳唱給我。我在哥倫比亞咖啡館駐唱的時候，李泰祥也常來哥倫比亞喝咖啡的，然後又到我鐵板燒的店裡，我有時候自彈自唱，他都會來聽一聽，直到後來邀請我一起去參加他的「傳統和展望」音樂會。那時候我們都在他的家裡排練，排練之前會寫一些歌，他寫〈橄欖樹〉、〈答案〉時，都是我在旁邊給他倒茶，他是老大哥嘛。

我爸爸生病的時候，他也幫我很多忙。其實他在當時過得並不是很好，但在經濟上他幫卻我很多，要我過好一點。我和他認識久了以後，請他教我正確的彈琴，他讓我隨便彈唱幾首英文歌給他聽，他聽完以後告訴我：「你根本不用去模仿別人那樣的演奏方式，照你自己的方式去做就好。彈準確一點，熟練一點。自彈自唱是你的優點和優勢，台灣沒有什麼人自彈自唱，你就往這個方向走，但是一定要用你的呼吸，你的詠歎，這樣你唱的歌才會有你自己的樣子，屬於自己的東西千萬不要丟掉。」我一直記得他的話，所以自己要編前奏、尾奏的時候都會彈給他聽。他指導著我，也指導萬沙浪，就像老大哥照顧弟弟一樣疼惜著我們。

他寫的字長長的，就像竹竿一樣，他每寫完一句自己喜歡的歌詞，就會說：「Kimbo，你來唱這個。」他邊彈琴邊講，「寫得不太好的就改一改。」在他寫〈橄欖樹〉的時候，我同樣按他寫的歌詞試著哼唱下去，等整首歌寫完了，我便問他：「大哥，你見過橄欖樹沒有？」

「我也不記得那樹長得什麼樣子了，台灣很難見到，它在三毛詩歌裡面是有的。」

「假如寫一個樹，你會到想什麼呢？會不會想到我們院子裡的一些樹？」

「院子裡是什麼樹？」

「我們原住民家裡的院子裡有種檳榔樹啊！檳榔樹開花的時候，整個村莊都彌漫著淡淡的香氣，有點像桂花香一樣，那個味道你應該記得吧。」

他說當然記得，小時候一直生活在台東，我也很想念那種故鄉的味道，所以後來我們兩個人常常會唱「為了我夢中的檳榔樹」。

很多的原住民在李泰祥名滿台灣的時候都在批判他不承認自己是原住民，說他不會分享榮耀給族人。我常常為他解釋這件事：李泰祥大學畢業後與學妹許壽美結婚，許壽美是台灣很有名的新竹醫院院長的女兒，他們一家人知道李泰祥是原住民，所以堅決不讓女兒嫁給他。最後他們兩個私奔了，並由許博允先生證婚，從此許壽美的爸爸和她斷絕了父女關係，這是全台灣的報紙都刊登過的事情，大家都知道李泰祥是原住民，李泰祥自己怎麼會不承認他是原住民呢？只是那個氛圍的社會下不必太強調自己是原住民，有什麼貢獻可以強調呢？

李泰祥默默地從樂團首席小提琴一直做到指揮，後來又去指揮霍姆斯皇家交響樂團演奏他的作品，這樣優秀的古典音樂人可以說是空前的。他寫了一個很大的曲子叫〈大神記〉，那支曲子就有阿美族的音樂元素在裡面。他會從他的作品裡面表現出他是誰，那些批判他的人根本就不知道這個事情對他來說有多麼重要。對李泰祥的這種批判是無力的，我有很多年都在和別人聚集的時候去駁斥他們。我認為李泰祥在音樂方面的成就堪稱偉大二字，在他患了帕金森症的時候，依然還在整理自己的作品，還在創作，幾乎要完成他所有作品的再錄製，一直到他走為止，都還在為音樂而奮戰。他就是那種一生中竭盡所有的力量，燃燒自己魅力的人。

李泰祥後來放下了古典音樂殿堂裡高居的身段，直接寫歌來培育民歌人才，包美聖、唐曉詩、辛曉琪，包括楊祖珺，很多人接受過他的指導。他大量地為詩歌譜曲，做詩與歌的結合。他這樣做以後，很多古典的音樂人，包括他的老師，他的同學，都看不起他，覺得這種歌沒有什麼值得費心的，但他仍然努力不懈，在我們年輕的人旁邊不斷敲邊鼓，也把所謂的民歌的題旨改變了，在他手中完成的歌是那樣優美，那種影響讓人久久不能忘記。他沒有高處不勝寒，大家可以朗朗上口的東西他會寫，但也沒有忘記對台灣的一些歌謠進行改編，他將許多民謠編曲成交響樂曲，自己監督它的製作過程，完成一張張偉大的作品。他培育了很多的歌者和學生，那最優秀的歌手幾乎都有他培育的影子在。

我在《芬芳的山谷》專輯中，特別唱了兩首他的歌來紀念他，就是按照他告訴我的，我並沒有按照他原始的曲譜那樣唱，但我想表達自己對他的思念。我一直記得他跟我講的那些話，用我的詠歎，用我的呼吸，不必去學別人的高亢，每個人都有他獨特的地方，老大哥的這些激勵我永遠記得。

所以在我的新專輯裡，很多人聽到一半才知道原來這是在唱橄欖樹啊，歌的味道也不一樣。其實無所謂好壞，我只是在用我的方式紀念李泰祥。

芬芳的山谷

〈芬芳的山谷〉是二〇〇〇年媽媽過世以後我寫給她的一首歌。但這首歌的創作並沒有一氣呵成，我不想像一般人那樣用拼湊的文字把母親頌讚一番，這未免有點太虛了。在我長大的過程裡面，母親帶著我認識我們生活的山谷，教育我怎樣看待自己的民族，所以相比之下，我更想找到一種感覺，描述我和媽媽在山谷裡面生活時候那種甜美的日子。

談及這首歌的緣起，就不得不講一講我大姊曾告訴我的一個故事。

在我做原住民權利運動促進會時政府非常反對，在最急難的時候，我甚至被抓到牢裡去。他們先派人找到我做鄉長的姊夫，對他說：「你要勸你弟弟，不要去搞這件事情，不然你就不必做下一屆的鄉長了。」我的姊夫答應他們努力說服我，但沒有成功。我反而告訴姊夫：「你是排灣族人，你有自己的信念，也有屬於自己的姓氏，應有自己的身分認同。」

當局看到姊夫沒辦法說服我，只好轉向我媽媽去了。他們請了一位排灣族的長輩，捧了一個皮箱子的錢找到我媽媽，讓她交給我並勸我以山胞的名義去另做一些與社會運動不相關的事情，更不要再用原住民這三個字了。在過去的年代裡，山胞這個稱呼是對我們原住民族群的一種蔑稱，而我媽媽最贊成對我們的稱呼就是原住民。她對那位長輩說：「我兒子從小是用地瓜、芋頭、小米養大的，我不知道這些錢能夠拿來做什麼，所以請你拿回去。」他們威脅我媽媽說，如果這樣的話，就要把我送去綠島的監獄，關在那裡。而媽媽卻說：「我兒子十一歲離開我以後我就很少看到他了，你趕快把他關到綠島去，我剛好可以每天從山谷上看到綠島，也就能每天看到我兒子了。」

在媽媽過世以後，我大姊把這個故事轉述給我聽，我也就是從那時候起開始醞釀〈芬芳的山谷〉這首歌。

在我三歲的時候，我們一家搬到了我後來生活的那個山谷。在我的記憶裡，媽媽常把兒時的我帶到山谷裡面，去看看天上的老鷹，鳥群，蝴蝶，小米，陽光透過樹林映照下來，落在太麻里溪上，媽媽在那溪流裡面給我洗身子，炎炎夏日裡，清冷的溪水涼透了我發燒的身體，我的心靈也好像被清洗了一樣。

月桃花開滿了整個山谷，按照我們的習慣，月桃樹的葉子是用來包粽子的，包小米的，也包糯米的，那種味道至今我都還記得很清楚。而葉子上面的梗，我們通常抽出來編成草席。那葉子上面連接著一串串白色的月桃花，就像馬尾巴一樣漂亮。不過隨著環境的改變，過去那種滿山月桃花的景色如今越來越少了。

媽媽的陪伴，兒時最美好的回憶，不可以不寫在歌裡，而且講到媽媽，也一定要講到大武山，那是我們的母山，也是我很重要的歌的來源，所以才有了「太麻里溪谷深處的地方，大武山懷抱的山谷。常披著彩虹的故鄉，滿山月桃花，飛舞的蝴蝶」這樣的歌詞。

長大一點，我變得非常調皮，這可沒少給媽媽惹麻煩。那時候我每天都要放牛，早上到山上去放牛的時候，我需要用一根很長的牽牛繩把牛拴在山上，好讓牠能夠自由地吃草、喝水，這樣我才去上學。下午三點的時候學校降旗、放學，我再回到山上騎著牛回家。我身上掛一把竹劍，一支短刀，鞭打著牛從山上一路黃土塵埃地飛奔下來。站在村莊口的阿姨每次看到我這樣從山上下來，都會對其他孩子大喊：「小孩子閃開啊！」聽到阿姨的這一聲喊叫，原本在路上玩耍的小孩子全部躲閃起來，而我卻嫌不過癮，還要騎著牛在村莊外面繞上一圈，再到河裡讓牛喝飽水以後才回家。回到家以後我把牛給爸爸檢查，他會摸摸牛的胃，如果兩邊的胃都鼓了起來，才證明牠有吃飽喝飽。

每天上課的時候，我經常擔心牛繩會不會被石頭纏住，那樣牠們就沒辦法到陰涼的地方去躲避太陽，我怕牠們中暑甚至被曬死。終於有一次，我等不到放學便偷偷跑去把學校裡的旗子收了起來，但這麼幼稚的事情是不可能不被老師發現的，他們在學校裡徹查是誰幹的這件事。他們問到負責升降旗的校工，那校工說不是自己降的旗子，並說看到是我做的這件事。最終事情敗露，我爸爸知道後非常生氣，恨不得把我吊起來打，而我媽媽拚命護著我，不讓爸爸打我。

然而並不是每一次我都有這麼好的運氣。

我有個同學家裡是福建人，他爸爸和我爸爸是鄉公所的同事，我覺得他爸爸的鷹鉤鼻長得很怪，就跑到鄉公所去，捏著鼻子做出鬼臉對那位同學的爸爸講：「你的鼻子就長這樣子」。我當場表演給他看，然後馬上跑出門去，他快要被我氣死了，騎上腳踏車就在後面追我。眼看快被追到，我就在半路大斜坡的地方放了一根竹竿，害他一下子翻在地上。雖然沒有被同學的爸爸追到，但這件事當然是以我被爸爸毒打而告終。

我小時候常常因為玩耍而逃避學校的課程，學校留下的課業我都交給班裡的女同學幫我做，等到晚上我再去把那些課業拿回來。但那些課業是好幾個同學幫我做的，交出去的課業自然也是不同的筆跡，老師睜一隻眼閉一隻眼地看不出來，時間長了我也就習慣了。但我爸爸是知識分子，有時候會盯我的課業來看，這種不同的筆跡終於被他發現了，當他追問出來原因，我的結果又是很慘。不過有趣的是，現在我回到家裡，我那已經做祖母的同學還會跟我講當年是她幫我做的課業，要向我討兩瓶酒喝。

我十一歲離開生活了八年的山谷而去往淡水讀書，在我將要離開家的時候，媽媽在旁邊哭泣著，一直叮嚀著我怎樣洗衣服，怎樣縫扣子，告訴我針線都放在了哪裡。當我真的要離開她的時候，她卻什麼話都講不出來，只是不捨地望著我，而我爸爸則做出一副大男人監督著我離場的樣子。但我知道，他其實也捨不得我離開的。

我在淡江中學那段時間，對家鄉格外思念，每當寂寞與落寞的時候我就跑到樹林裡面去，給每棵相思樹都起上家鄉同學的名字，我剛到淡水時候講的國語裡面攙雜著濃重的鄉音，沒有人能夠聽得懂我講的話，我只好躲去和那些相思樹講話，我自己問自己答，偷偷在樹林裡哭泣，哭完以後擦乾眼淚再回到寢室或教室裡。

放假的時候同學們都回家去跟爸爸媽媽團聚了，我因為離家太遠而一個人留在學校裡面。那時候剛好有一個名叫吳選山的學長也留在學校，當時學校特別培養他，讓他留在學校裡畫畫，然後準備去師大讀書。漫長的假期裡，偌大的學校只有我和學長兩個人到大餐廳去吃飯，有一個廚師在那裡為留校的老師和我們兩人煮飯。接近廚房，我聞到從裡面飄出的味道就是我們家裡常吃的菜的香味。以前在家的時候，我們的水稻種完了

胡德夫保留在身邊的寶物，媽媽、大姊與大姊的女兒，是胡家最溫暖開心的一張照片。（胡德夫／提供）

以後，休耕時會種高麗菜和油菜花，除野菜以外，平時炒肉搭配的也就是這些菜而已。媽媽通常會用生薑來炒，蘸了醬油就能吃了。我在學校聞到這種香味，便會想起媽媽這時候大概也在家裡的廚房裡，炒著我們最熟悉的生薑高麗菜。

雖然以前山上物質很匱乏，但媽媽經常會為我們做出可口的飯菜。她會把地瓜洗乾淨，用水煮到非常軟爛近似於粥的樣子，再把花生搗碎灑進去，最後把最嫩的蕨菜燙過以後擺在上面。這是我們最好吃的點心，食材也是隨處可取的東西。

我媽媽很會烤山豬肉，山豬肉要反覆幾次燻很久，燻好以後外面又乾又脆，裡面切開是粉紅色的嫩肉，這是很好的野味。我們那裡有分肉的習慣，媽媽做好肉以後要分給鄰居或其他的小孩子。但媽媽總會把最好的一塊肉包起來留著，等我從外面回家來，她就把這塊肉偷偷塞給我。

我最愛吃的一種食物叫山地飯，有點類似上海的菜飯，但我們做法不同。我們用很豐富的野菜配上米飯一起煮，邊煮邊用一支勺子慢慢地攪，當飯變成比較稠的樣子時把火拿掉，讓它慢慢凝固。吃飯的時候要把所有的飯倒扣出來，堆成一個小山谷的形狀。不需要準備碗，每人拿一支湯匙，把自己面前的飯菜劃出一部分，吃多少就劃多少出來。

山地飯的配菜是醃製的生薑片、鹹魚、豆腐乳，還有加了鹽巴，烤得很脆，皮都焦掉的三層肉。如果夏天的時候在山上吃這個，還可以去野溪裡面取些冷水回來，把非常小的野生番茄和雀椒碾碎泡在裡面，放點鹽巴，再加點蒜頭進去，就成了一道美味又解渴的冷湯。

在媽媽過世以後，我也會學著她的樣子做一些飯菜，雖然這是對媽媽的一種思念，但畢竟還是不同的感覺，那個時代從簡單的食物裡面可以吃到珍貴的東西，現在卻不一樣了。不過直到現在我都還很愛吃山地飯，有的時候也會到我妹妹那邊去解饞。

在我離開家去讀書的時候，大部分時間都要靠寫信和家人聯繫。但初中一年級放暑假以前，我卻從學校接到了正在讀師專的姊姊打來的電話，她讓我接妹妹回家。

說起妹妹，我和她還有一段這樣的故事。在我三歲那年，只有六個月大的妹妹被過繼到我爸爸的一個朋友家裡做女兒。那時候我爸爸得了傷寒，算命的在爸爸病重時候講，我爸爸屬鼠，妹妹屬蛇，如果不把妹妹送出去，爸爸會被她剋死。我爸爸很迷信，那時候他已經是年近五十的人了，剛好一個和他非常要好的朋友結婚多年而膝下無子，我的妹妹就這樣被送到了爸爸朋友家裡。

後來妹妹的養母出軌了，然而事情敗露，妹妹的養父當然不允許這樣的事情出現，沒想到養母的情夫對養父懷恨在心，有一次他喝了酒回家，走到家門口時，妹妹養母的情夫趁他不注意，從後面用刀子砍了他三十幾刀。妹妹的養父最後拿了自己的美式步槍，已經上了膛，但要打的時候已經沒氣了。

我妹妹剛好在後面的房間裡看到全部過程，嚇得她跳出屋樑往甘蔗園跑了，幸好那個凶手沒有滅口。後來整個部落的人聽說了這件事情，頭目召集了很多人，帶著三百枝部步槍去找那個人，最後他被員警抓到了。但看到父親在自己眼前被刺殺，妹妹受到了嚴重的驚嚇。姊姊要我接妹妹回家，不過她六個月大時候就離開我們，我根本已經不知道她長什麼樣子了。姊姊說妹妹那裡有我的照片，是姊姊她們送過去的，那張照片是我離開部落去淡水讀書時候的樣子，但我卻沒有看過妹妹的照片。

妹妹住的地方距離我們大概有七十公里的距離，蠻遠的。她的養父死後，養母也跑掉了，雖然家裡還有祖母，隔壁也有叔公這些親戚，但嚴格來講，他們一家三口就只剩妹妹一個人了，我心裡很不捨。我向學校請了假，拿了一只最大號的空皮箱，一個人從台北坐火車繞花蓮回到台東。經過妹妹居住的部落時我下了火車，帶著大皮箱來到妹妹的學校，操場上很多女同學在上體育課，正當我發愁如何找妹妹時，一個小女孩跑過來叫我哥哥，我的直覺告訴我，她就是我的妹妹。我告訴妹妹的老師，我要帶她回我爸爸媽媽那裡，幫妹妹收拾好行李之後，我們坐了七十多公里的車終於回到了家，我把妹妹交給爸爸媽媽，告訴他們不要再把妹妹送給別人了。我轉頭坐夜車回到淡水去讀書，而妹妹從那時起就再也沒有離開過家了。

後來我很多的演出，包括《匆匆》那張專輯的發表，妹妹都會到現場參加，也會把我們兄妹的故事講給別人聽。媽媽最高興的事情就是看到我們家人和睦，在錄製〈芬芳的山谷〉這首歌時，我想起這些往事，不禁在錄音室裡哽咽起來，然而我也能聽到錄音室外面工作人員隨著我的情緒一同哽咽。後來我乾脆把幕布拉了起來，把燈也都關掉，不讓別人看到我。

山谷在歎息，媽媽在哭泣，離家的時候我也不過是個懵懂的孩子。在那些年裡，寂寞存在於對故鄉和媽媽無比沉重的思念當中，我像失去了山谷的小鷹一樣，迷失在茫茫的城市裡面。

當我再次回到家的時候，已經快要五十歲了。那時我因為打橄欖球而患了骨刺，全身不舒服，連走路也要靠著兩根拐杖。我離開家幾十年，回來的時候已經有了小孩，那段時間我的心裡已經沒有歌了，我覺得人生沒有什麼趣味，甚至一度有過輕生的念頭。我回到故鄉去投靠已經八十幾歲的媽媽，她依然緊緊地擁抱我，依然給我無言的叮嚀，給我無盡的愛。

嘉蘭，芬芳的山谷，是心中那永遠的鄉愁所在。（郭樹楷／攝影）

在那以後，我的義父郭英男，還有張惠妹、陳建年這些朋友用歌聲呼喚我回來，慢慢地，我又重新開始了歌唱。在我人生最艱難的歲月裡，與其說是我回到故鄉陪伴媽媽，倒不如說是她在陪伴著我，是她陪我走過了那段最難走的路。

在媽媽彌留的時候，她不希望我為她擔心，假裝很堅強的樣子。我彷彿看到她開一道眸光，在那道眸光中，我看到了絢爛的彩霞，看到那滿山月桃花和飛舞的蝴蝶。媽媽常年生活在山谷裡面，她的芬芳與土地的芬芳是分不開的。

「你是山林中最芬芳的山谷，你是山谷裡最美麗的花朵，你是大武山最美麗的媽媽，在滿山月桃花，和飛舞的蝴蝶裡」，當我把這樣的文字寫進歌裡，終於覺得這是對母親的一種釋懷，這樣的歌才可以送給媽媽。

如果你順著太麻里溪，溯行而上，到了七公里的風口處，你會看見，在大武山懷抱中的 Ka-Aluwan 部落，那是我的故鄉——嘉蘭。媽媽就躺在那滿山月桃花和飛舞的蝴蝶裡的，芬芳的山谷裡。

印刻文學 585

最最遙遠的路程

作　　者　胡德夫
總 編 輯　初安民
責任編輯　林家鵬
美術編輯　黃昶憲　陳淑美
校　　對　胡德夫　潘貞仁　徐昌國　林家鵬

發 行 人　張書銘
出　　版　INK 印刻文學生活雜誌出版股份有限公司
新北市中和區建一路 249 號 8 樓
電話：02-22281626
傳真：02-22281598
e-mail：ink.book@msa.hinet.net
網　　址　舒讀網 http：//www.sudu.cc

法律顧問　巨鼎博達法律事務所
施竣中律師
總 經 銷　成陽出版股份有限公司
電　　話　03-3589000（代表號）
傳　　真　03-3556521
郵政劃撥　19785090　印刻文學生活雜誌出版股份有限公司
印　　刷　海王印刷事業股份有限公司

港澳總經銷　泛華發行代理有限公司
地　　址　香港新界將軍澳工業邨駿昌街 7 號 2 樓
電　　話　852-27982220
傳　　真　852-31813973
網　　址　www.gccd.com.hk

出版日期　2019 年 1 月　初版
ISBN　978-986-387-270-2

定　價　280 元

國家圖書館出版品預行編目資料

最最遙遠的路程／胡德夫著 --
初版, --新北市中和區：INK印刻文學,
2019.1 面；14.8 ×21公分. --（文學叢書；585）
ISBN 978-986-387-270-2　（平裝）

855　107019895